Türkei-Rallye

FREE PEN VERLAG

Alpan Sagsöz:

Türkei-Rallye

Jugendroman

Free Pen Verlag

1. Hückelfürth

„Ich würde Euch bitten, in euren Ferien eine Art Tagebuch zu verfassen. Keine Angst, Kinder, das ist natürlich freiwillig! Also, Hände hoch. Wer hat Lust, etwas zu schreiben und uns nach den Sommerferien damit zu beglücken?"

Frau Hanau schaute mit großen, rehbraunen Augen in die Runde und schien mal wieder begeistert von ihrer Idee. Eigentlich war sie jeden Tag voller Begeisterung für das, was sie gerade tat, und wenn es nur die Pausenaufsicht war. Heute hatte sie ihre dichten Haare zu einem Pferdeschwanz zusammengebunden, wodurch die braunen Augen noch größer wirkten. Auf ihrer Stupsnase prangte ein kleiner hellroter Pickel, aber meine Klassenlehrerin konnte nichts entstellen! Ich sah den neben mir sitzenden Max an, verdrehte die Augen und rutschte unter den Tisch. Max grinste. Wie immer meldete sich mit einem nervtötenden Schnipsen Arndt Blommeran, der alte Schleimer. Hatte er denn in den letzten Monaten nicht genug Papierflieger von Max und mir an die Birne bekommen? Er war zäh, aber wir hatten ja noch ein paar gemeinsame Jahre. Anna und Pia schienen auch noch nicht genug von der Schule zu haben. Na ja, wem's gefällt. Frau Hanau notierte sich die Streber auf einem Notizblock. Sie war heute besonders gut gelaunt, und so kam reihum noch jeder dran und sollte erzählen, was er in den Ferien vorhatte. Ich konnte nicht verstehen, warum die meisten anscheinend Lust darauf hatten, endlos lange Antworten zu verzapfen.

„Kaan, geht es zurück in die Heimat?", fragte Frau Hanau mich, als ich nach gefühlten Stunden auch an der

Reihe war. Heimat?, dachte ich erst einmal irritiert und antwortete dann möglichst kurz, in der Hoffnung, dass sie so nicht weiter nachfragen würde,

„Wir fahren in die Türkei."

„Die ganze Strecke mit dem Auto?!"

Oh nein! ..., hätte ich beinahe gerufen. Kurze Antwort, kurze Antwort ...

„Ja!"

„Da haben sich deine Eltern aber was vorgenommen! Ist es mit dem Flugzeug denn nicht viel bequemer?"

Na super, Kurze-Antwort-System in den Mülleimer ...

„Äh, nein ... weiß nicht, kann sein. Wir sind erst einmal geflogen, als Papa und ich allein zur Beerdigung meiner Uroma mussten. Da war ich aber sehr klein. Man kann im Flieger nicht so viel Gepäck mitnehmen, wie man will, sagt mein Vater."

„Ach so!", sagte Frau Hanau und sah mich weiter erwartungsvoll an, aber ich wollte nicht noch mehr erzählen. Stille. Die Sekunden kamen mir wie Stunden vor. Den anderen hatte sie immer nur eine Frage gestellt. Meine Achseln wurden spürbar feucht. Als ich nichts sagte, fuhr sie fort.

„Ok. Ach ja, ich habe gestern in den Nachrichten gehört, dass übermorgen das Ramadanfest ist. Wie feiert ihr? Feiert ihr anders als eure Verwandten in der Türkei?"

Ramadaaaan? Jetzt also auch noch das alljährliche Ramadan-Ding, das Kaan-Ra-ra-ramadan-Quiz war wieder eröffnet. Super, das war mein Tag. Ich hatte den Eindruck, dass mich alle anglotzten, was sie wohl auch taten. Das Klassenzimmer war im Nu ein Hamam für mich. Diese Hitze, die sich in meinem Kopf staute, war tückisch. Wieso entließ mich die Hanau nicht aus diesem Fragen-Würgegriff? Ich bin nicht in Istanbul geboren wie meine Mutter, sondern in Cochhausen. Was weiß denn ich, wie in Istanbul oder Ankara gefeiert wird? Ich zögerte. Ob ich zum Gegenangriff übergehen, schnippischer werden sollte? Obwohl ich Frau Hanau eigentlich sehr mochte. Sie drehte ihren Kopf leicht seitlich, nickte, die rehbraunen Augen wurden noch größer, was wohl Interesse ausdrücken sollte. Bevor ich antworten konnte, setzte sie überraschend nach, wie ein Terrier:

„Gibt es Parallelen zu unserem Weihnachten oder Ostern?"

Unserem, das Wort stieß mir bitter auf. Kauf dir doch ein verdammtes Ausländerlexikon und löchre mich nicht, du Ziege!, hörte ich mich schon rufen.

„Ja, nicht ganz ...", sagte ich dann aber mit ungewohnt leiser Stimme.

„... Es wird auch viel gegessen, vor allem Süßes. Deswegen heißt es auch Zuckerfest. Man bekommt viel Besuch, aber dieses Jahr nicht, wegen der Sommerferien. Während der Ramadanzeit fasten die Gläubigen, wir haben aber noch nie gefastet."

„Betet ihr denn?"

„Ähh ... ja, na ja, ich kann nicht so gut beten, man muss Arabisch beten und bestimmte Bewegungen machen, ähm ... Nur Papa kann das noch so ungefähr. Am Mittwoch fahren wir zum Abschluss des Ramadan nach Köln in die Moschee. Papa sagt, wir sollen einfach bei den anderen abschauen, das reicht für das Zuckerfest-Gebet. Ach, und wie das Zuckerfest in der Türkei gefeiert wird, weiß ich nicht, ich bin ja hier geboren."

Das musste ich jetzt doch noch unterbringen, nicht ohne mich darüber zu ärgern, dass meine Stimme trotziger klang als beabsichtigt.

„Ja, gibt es denn auch Geschenke wie bei uns zu Weihnachten?“

„Wie gesagt, es wird vor allem gegessen, mhh, ... letztes Jahr habe ich aber auch zwei Matchbox-Autos von Onkel Mahmut bekommen. Und zehn Euro von Papa, mein Bruder hat dreißig gekriegt. Zu Weihnachten haben Cem und ich eine X-box geschenkt bekommen.“

So, dass musste doch reichen! Frau Hanau spitzte den Mund, ihre Stirn lag plötzlich in tiefen Falten. Dann lächelte sie mich wieder an, nickte und schaute dann endlich Max an, der voreilig lospreschte:

„Ich fahre sechs Wochen nach Sylt!“

Sein Versuch das stolze Grinsen zu unterdrücken misslang. Nach Sylt? Max nach Sylt! Der Typ aus der Bierwerbung, der mit seinem Anzug so entspannt in den Dünensand fällt, schoss mir durch den Kopf. Max war doch noch nie weg gewesen, wieso diese Geheimnistuerei? Ich nahm mir vor, auch im Schulbus nicht nachzufragen, da ich ihm den Triumph nicht mehr gönnte: Wir waren doch Freunde und er sagte mir nicht einmal, wo er die Sommerferien verbrachte?! Ich war enttäuscht.

Heute war Ma früher zu Hause, und ich fuhr mit ihr nach Cochhausen, um Cem beim Friseur Mühlhausen abzuholen. Der Laden war total angesagt. Neuerdings durfte Cem dorthin, um sich für unglaubliche fünfundzwanzig Euro schön machen zu lassen. Viel musste er dazu allerdings nicht mehr unternehmen. Er hatte von Natur aus pechschwarzes, fülliges, nur ganz leicht gewelltes Haar und braune, mandelförmige Augen. Im Gegensatz zu meiner Nase war seine schmal, und wenn er den großen Mund zu seinem breiten Lächeln aufmachte, blitzten ultraweiße Zähne hervor, die ganz bestimmt kein Kieferorthopäde je zu sehen bekäme. Während Cem für sein Alter schon recht kantige Gesichtszüge hatte, glänzte ich noch mit weichen Pausbacken, die in der Pubertät ja vielleicht doch noch irgendwie wegschmelzen würden. Ich war ziemlich blond und grünäugig für einen türkischen Jungen. Diese Kombination fiel hier und da schon mal auf, und es war mir echt unangenehm, darauf angesprochen zu werden. Cem war der Schwarm der Mädels auf dem Gymi und überhaupt in unserer Siedlung. Irgendwie bewunderte ich seine große Lust, im Mittelpunkt stehen zu wollen, die er wohl von Ma geerbt hatte. Mir reichte es, in meiner kleinen Clique der Spielführer zu sein. Wo größere Scheinwerfer aufflackerten, suchte ich hastig das Weite. Niemand konnte uns auf den ersten Blick für Geschwister halten. Wie auch, es war ja nicht einmal so, dass ich für das Kind meiner schwarzhaarigen Eltern gehalten wurde.

Als wir in den Salon kamen, stampfte uns mit energischen Schritten der junge Chef, Jan Mühlhausen, entgegen. Der rotblonde Riese beugte sich weit vor und gab Mutter zur Begrüßung einen Handkuss. Ein Handkuss?! Ich zuckte zusammen. Jan Mühlhausen gab Mama einen Handkuss?! Es rumorte ein bisschen in meinem Magen. Eifersucht? Irgendwie natürlich aber auch sehr cool, dass der Mühlhausen auch ein Fan meiner Mutter zu sein schien, deren gesamtes Gesichtsfeld jetzt nur noch aus einem Breitband-Grinsen bestand, wobei sie den Kopf derart seitlich neigte, dass man spielend ein Tablett zwischen Hals und Kopf hätte ablegen können. Den Handkuss verstand sie offensichtlich als riesiges Kompliment.

Ich konnte mich nicht erinnern, wann Pa ihr zuletzt ein

Kompliment gemacht hatte. Vielleicht wollte er auch nur nicht, dass sie sich noch mehr einbildete. Diese Gefahr schien bei Mama nämlich zu bestehen. Nicht von ungefähr kam es bei uns allmorgendlich, live ab sechs Uhr dreißig, zum Kampf der zwei eitlen *Kokanas* vor dem Objekt der Begierde: dem hohen Flurspiegel.

Dort pflegte Cem sich morgens umständlich fertig zu machen, bis Ma ihn, halb im Ernst und halb im Spaß unsanft mit den Ellbogen zur Seite schubste, und er meist belustigt nachgab. Cem überragte sie mittlerweile um zwei Köpfe und konnte sich die Großzügigkeit leisten. Er kam ja nur zu spät zur Schule, was Ma aber nicht mehr merkte, da ihr Schichtdienst in der Fabrik schon um sieben anfing. Sie war mit ihren ein Meter fünfzig ziemlich ungeeignet für eine Modelkarriere, aber wenn ich sie beim morgendlichen Fertigmachen zur Arbeit vom Küchentisch aus beobachtete, war mir klar, dass sich eine ziemlich schöne Frau die vollen Lippen knallrot schminkte, obwohl sie unter ihren Arbeitskolleginnen auch ohne jedes Hilfsmittel noch wie ein eleganter Jaguar aus grauen Hauskatzen hervorgestochen wäre. Sie hatte eine feine Stupsnase und dichte schwarze Haare, welche sie seit einigen Wochen kinnlang trug. Cem hatte sein perfektes Lächeln von ihr. Mund, Nase und Augen schienen in genau dem richtigen Abstand zueinander zu stehen und fast perfekt eingemeißelt in dem weichen, leicht rundlichen Gesicht. Dass sie heute wie schon in ihrer Jugend mit ihrem Aussehen Blicke auf sich zog, war ihr sonnenklar, sie genoss es. Nicht von ungefähr erzählte Ma uns immer wieder die Story vom Schönheitswettbewerb. Sie hatte sich 1994 heimlich bei einem Istanbuler Schülerwettbewerb angemeldet und wurde *nur* Zweite. Dass sie sich dorthin durchgemogelt hatte, obwohl sie schon seit einem Jahr mit der Schule fertig war, fanden Cem und ich absolut cool, klar. Aber manchmal schmückte sie die wohlbekannte Geschichte so wortreich aus, als ob sie jedes Wort, jeden Schritt auf dem Laufsteg, alle Gerüche und Menschen von damals wieder erlebte. Es kam vor, dass ich erneut fasziniert zuhörte, obwohl sie es so oft erzählt hatte, manchmal aber strengte es mich nur an, so interessiert zu tun, als würde ich die Geschichte nicht schon in- und auswendig kennen.

Cem kam uns lässig entgegen. Die schwarzen Haare waren frisch geföhnt und wuschelig nach vorne getrimmt. Oi, was war denn das? Es sah aus wie eine Haarfärbung. Kirschrot!

„Cem, hast du dir die Strähne vorne färben lassen oder geht das heute noch ab?!", fragte ich, erstaunt über seinen Mut.

„Bleib locker, Froschkopp, ist nur getönt."

„Cääām, dainä Fata känns du doch ...?! Herr Mühlhausä, wann gäht das wieder ab? Kann man das wiedär wähg machän?"

„Na ja, ... nein! Deswegen haben wir es ja getönt."

„Ach Ma, es ist doch nur eine Strähne, nur getönt! In ein paar Monaten ist es raus, richtig Herr Mühlhausen?!"

„Richtig!"

Ma versuchte, Cem so leise ins Ohr zu flüstern, wie es ihr Temperament eben zuließ:

„Cäääām! Du weissä, wie Fata geschriään, als du drei Barrrrthaarä rasiert hastä ...!"

Die *nur* drei Barthaare waren Cem sichtlich peinlich. Er sammelte sich aber schnell und antwortete in Zimmerlautstärke:

„Ja, aber Mama, manchmal hat der auch 'nen hinteranatolischen Klatsch. Ich werde mir ja wohl wie alle in meinem Alter diesen ekligen Flaum am Kinn rasieren dürfen, ohne dass ich das vorher bei Mister Hinterweltler schriftlich beantragen muss."

„Cääm, isää deine Fata. Komm isä passiehhr, wir machä schon irgänwie."

Cem verkniff sich daraufhin weitere Kommentare. Das würde eine sehr satte Szene mit Vater geben, so viel war klar. Ma zahlte, und Herr Mühlhausen begleitete uns zur Tür:

„Bis zum nächsten Mal, Frau Yemer! Ach, übrigens, ich habe brandneue Ideen von der Kölner Messe mitgebracht, Sie werden begeistert sein! Machen Sie doch auch mal wieder einen Termin, hm?"

Er zwinkerte Ma zu, was ich als deutlich zu frech empfand. Der hatte jedenfalls längst gecheckt, wie leicht er Ma an der Eitelkeit packen konnte. Was sollte das denn? Ma lächelte Mühlhausen an, als ob sie sagen wollte: ist nicht schlimm, Sie können ja nichts dafür.

Wir gingen noch zum Edeka, anstatt wie gewöhnlich zum Aldi. Bei Aldi gab es viel, aber keine Nutella, und Milka auch nicht. Meine Mutter packte zielstrebig vierzehn Gläser Nutella und fünfundzwanzig Tafeln Milka in den Einkaufswagen.

„Mama, was kommt eigentlich sonst noch für unsere liebe Verwandtschaft dazu? Warum soll ich mich für die jedes Jahr mit Taschen und Tüten an den Beinen plus dem kleinen Blondie hier neben mir auf dem Rücksitz rumquälen? Können wir denen das nicht per Post schicken? Es gibt doch heutzutage auch Flugzeugäää ..."

Cem machte eine flache Hand und ließ sie vor Ma's Augen „fliegen". Sie antwortete nicht, warf ihm einen gespielt bösen Blick zu, und es war klar, wer das Sagen hatte und wie es laufen würde. Man konnte sowieso nichts gegen das alljährliche Übergepäck machen. Ich hatte da gar keine Hoffnung und dachte nur darüber nach, wie ich die eine oder andere Milka unter meinem Bett verstecken konnte, ohne dass Ma es merkte. In Cochhausen gingen wir noch zum Globus, sozusagen vorbestellte Klamotten für meinen Cousin Levent und Co. aussuchen. Am Ende kamen etliche T-Shirts, einige No-name-Sportschuhe und vier, fünf Jeans zusammen. Mann! Dafür hätte ich zig G-Star-Jeans bekommen! Aber was sollte die Träumerei, mit Mama war in dieser Angelegenheit nicht zu verhandeln. Als die Kassiererin die Berge von Klamotten sah, verdrehte sie ihre kleinen blauen Augen in dem perfekten Pfannkuchengesicht und musterte meine Mutter in aller Ruhe von Kopf bis Fuß. Es war ihr auch nicht unangenehm, sich noch ein wenig auf ihrem Stuhl zu strecken, um auch noch einen Blick auf die dreiviertelhohen Chucks von Mama zu ergattern.

„Dat macht tutto kompletto dreihundertfünfunddreißig Euro!"

Verdutzt sah ich mich um. Kam dieses gepiepste *tutto kompletto* vielleicht von einer der anderen Kassiererin? Aber nein, es war tatsächlich der Kassenkoloss vor uns, der synchron dazu seinen schmallippigen Mund bewegte. Welchen Kanarienvogel hatte die denn verschluckt? Cem und ich sahen uns an und prusteten gleichzeitig laut los, wobei mir ein wenig der Rotz aus der Nase schoss. Das war mal wieder gekonntes brüderliches Timing! Und wir erregten schon die Aufmerksamkeit einiger Kunden in unserer und den anderen Kassenschlangen. Der Koloss pustete mittlerweile recht genervt einige platinblonde Ponyfransen hoch, als ob er Dampf ablassen müsste. Mutter wies uns zu unserer Überraschung nicht zurecht wie sonst. Stattdessen warf sie der Kassiererin noch ihren speziellen Ayse-Blick zu: die großen, hellbraunen Mandelaugen wurden zu kleinen Schlitzen, das Kinn hob sich leicht schräg. Wenn man Mutter so weit hatte, flüchtete man besser in einen Atombunker. Alles, nur jetzt nicht *argumentieren*. Dann legte sie, ohne mit der Wimper zu zucken, zackig die Hunderter auf die Ladentheke.

Zu Hause angekommen, verschwand Mutter nach einem durch den Wohnungsflur gerufenen *Merhaba* wie immer direkt in der Küche, als begrüße sie nicht Vater, sondern einen Hausgeist, der in jedem Zimmer schwebte. Nach den letzten Sommerferien in der Türkei war unsere kleine Küche ihr Wohnzimmer geworden, wo sie ihre Klatschmagazine las, noch ausschweifender als vorher kochte, alte türkische Lieder hörte und dabei manchmal viel weiter zu blicken schien, als unser kleines Küchenfenster es zuließ. Auch Cem grüßte Papa nur locker über den Wohnungsflur und verschwand eilig in unserem Kinderzimmer. Ihn schien der Mut zwischen Cochhausen und Hückelfürth schnell verlassen zu haben. Die Es-gibt-auf-jeden-Fall-Ärger-Frisur sollte heute wohl nicht mehr präsentiert werden - wie langweilig. Die weitere schlechte Nachricht für mich war, dass Papa sich im Wohnzimmer die Füße wusch, was bedeutete, dass er sich nach einem miesen Arbeitstag besonders verwöhnen wollte, also schlecht gelaunt war. Ich beschloss, erstmal im Kinderzimmer zu warten, wo Cem bereits in ein Ballerspiel vertieft war. Ich hoffte, dass Papa gleich in die Küche ging, um dort die Radiosendung für türkische Mitbürger um Punkt 19.40 Uhr, zu hören, so dass ich noch meine Serie *Two and a half men* sehen konnte. Als ich es zehn Minuten später versuchte, saß Vater noch immer im Wohnzimmer und massierte sich nach dem Bad jede einzelne Zehe mit den Fingerspitzen.

„Papaaa..., es läuft doch gerade deine Sendung im Radio."

„... Ach ja, heute nicht mein Sohn. Ich will hier einfach nur sitzen", sagte er geistesabwesend auf Türkisch.

Es gab nicht viele Dinge, in die er sich so vertiefen konnte wie in die Pflege seiner Füße. Ich setzte mich trotzdem zu ihm.

„Kann ich den Fernseher anmachen, ich mach auch ganz leise."

Er nickte wortlos, ohne den Blick von seinen Zehen abzuwenden. Ich setzte mich auf den Boden, ganz nah an den Fernseher, damit ich den Ton noch hören konnte. Etwa auf der Höhe meines Kopfes und damit auch meiner Nase, legte er nach seiner Pflegezeremonie die Füße auf dem Wohnzimmertisch ab. Was tat er nur, dass die Keulen nach dem Waschen schlimmer rochen als vorher? Na ja, Charlie Sheen war es mir wert!

Ma weckte mich um sieben Uhr. Ich war für meine Verhältnisse ganz gut gelaunt bei dem Gedanken, dass heute schon Dienstag war! Übermorgen ging es quer durch Europa. Sommerferien, schulfrei! Dem fieberte ich schon seit Wochen entgegen. Abenteuer ich komme! Vor dem großen Türkei-Abenteuer stolperte ich auf dem Weg zum Bad aber erst einmal über die Tüten- und Taschen, die in unserem ohnehin schon engen Flur auf beiden Seiten lagerten. Ich flog der Länge nach in die Bestellungen unserer lieben Verwandten. Cem kam gerade frisch geföhnt aus dem Bad.

„Wofür hast du eigentlich diese überdimensionalen Froschaugen, wenn du nix siehst? Hahhaaa."

Warum passierte Cem sowas nie? Oder bekam nur ich das nicht mit? Jedenfalls wäre gerade jetzt ein guter Zeitpunkt, er hatte nämlich wieder heftiges Oberwasser. Vielleicht war ich ja live dabei, wenn Pa ihm eine schmetterte wegen der Rotlocke, dachte ich beim Zähne putzen ...

Eigentlich sollte der Schultag laut Stundenplan gut anfangen: die ersten zwei Stunden Sport. Dieses Halbjahr schmiss allerdings Frau Hanau vertretungsweise den Unterricht. Das hieß also am heutigen Morgen wieder Dehnübungen und Zirkeltraining! Die nervigen Ramadanfragen von gestern stießen mir gerade auch wieder auf. Sie schaute zuerst einige Sekunden an die graue Hallendecke und kratzte sich am Hinterkopf, als würde sie nicht sowieso seit Monaten immer dasselbe Programm abspulen. Die Rehaugen wurden plötzlich noch größer als ohnehin schon, und sie sagte strahlend:

„Ok, Kinder, erste Übung: hinstellen, vorbeugen und mit den Fingerspitzen den Boden berühren."

Außer Arndt, dem alten Schleimer, lächelte keiner zurück. Nun beugte sie sich mit viel Schwung vor. Man hätte spielend einen kleinen Hocker zwischen Fingerspitzen und Boden stellen können. Max war der Einzige, der noch ungelenkiger war. Wenn das türkisfarbene T-Shirt zwei Nummern größer gewesen wäre, hätte sie noch ein wenig Luft bekommen können. Einige Speckröllchen traten über den Bund der ebenso zu klein geratenen Stretchhose – und diese Modeböcke schoss ausgerechnet unsere sonst so superstylische Frau Hanau! Aber solche Schnitzer konnten meine Ulrike – so hieß sie mit Vornamen – auf keinen Fall entstellen. Na ja, vielleicht, vielleicht, war ich wirklich ein bisschen verliebt, und daran änderte diese grottenschlechte Sportstunde auch nichts.

„Und eins und zwei ...“

Max und ich bewegten uns kaum beim folgenden Zirkeltraining. Frau Hanau powerte sich aus. Niemand außer ihr und Arndt schwitzte.

„Ey, Kaan, hoffentlich haben wir bald wieder Schwimmen, sie kann es einfach nicht!“, sagte Louis und zog die Augenbrauen hoch, so dass seine hellblauen Augen noch größer wurden.

„Ja, sie kann es nicht ...“, sagte ich ganz leise auf dem Weg zur Umkleide. Schwimmen! Auf keinen Fall. Ein Zucken ging durch meinen Körper. Ich musste daran denken wie viel ausgebuffte Handtuchtricks es mich im letzten Jahr gekostet hatte, damit ich nicht mit Fragen zu meiner Beschneidung bombardiert wurde. Die ein oder andere Stunde konnte ich mit „Bauchschmerzen“ einfach umgehen, was sich aber bei der vierten Schauspieleinlage als satter Fehlversuch erwies: Herr Glockenfeldt brachte mich höchstpersönlich ins städtische Krankenhaus. Meine Klasse musste mit einer Vertretung vorlieb nehmen. Am liebsten hätte ich mich in den Ritzen der Schwimmbadkacheln verkrochen. Vor lauter Angst hatte ich bei der Ankunft in der Notfallaufnahme wirklich ordentliche Bauchschmerzen. Punktlandung.

Am Nachmittag nach der Schule sprang ich durch die Balkontüre auf die Wiese, hinter dem Haus. Ich hätte die

Tür nehmen können, aber nahm ein Charlie Sheen etwa die Tür? Nach fünfhundert Metern war ich im Wald. Obwohl die Sonne schien, war es hier im dichten Wald kühl. Einige Minuten später tauchte Max auf. Auch wenn hier unser Haupttreff war, mit ihm hätte ich heute eigentlich nicht rechnen können, denn er hatte Stubenarrest. Frau Bilas-Schwarz hatte ihn vor drei Wochen beim Rauchen erwischt, im Kinderzimmer! Mein Vater hätte aus Cem und mir Knoblauchwurst gemacht ...! Pa war militanter Nichtraucher, und wir hatten die türkische Weisheit, die er wöchentlich zum Besten gab, längst in unseren Eingeweiden tätowiert: *Baba sever de döver de* (Ein Vater schlägt und ein Vater liebt). Den Satz habe ich nie verstanden! Bei Papa nachzufragen, hätte aber auch nichts gebracht. Max aber kam mit einer Standpauke und Stubenarrest davon. Na ja, dem, was Frau Bilas-Schwarz für Stubenarrest hielt, während sie putzen ging. Max ging grußlos an mir vorbei und steuerte gleich auf unser Camel-Versteck hinter der Rutsche zu. Wir setzten uns auf die Schaukeln und steckten uns eine an. Vielleicht würde ja gleich noch der Dritte im Bunde, Nico, kommen? Mit dem ersten Zug versuchte ich wie immer meinen Hustenreiz zu unterdrücken, was wieder nicht gelang. Ich versuchte erst gar nicht auf Lunge zu ziehen, das hätte nur zu sinnlosen Herzinfarkten der um uns her tippelnden Eichhörnchen geführt, und Max hätte es auch irritiert: Ich war zwar der Kleinste von uns Dreien, hatte aber die größte Klappe. Wenn es das erste Mal vom Dreier zu springen galt, tat ich das. Bei der ersten Zigarette musste ich den ersten Zug tun, und beim Klauen von Chinakrachern ging ich als erster in den Kiosk von Herrn Chalupa. Diese Pole-Position war wichtig, und sie musste gehalten und gepflegt werden wie eine mittelalterliche Festung. Vielleicht war ich sogar Max' Held. Die Bewunderung, die ich spürte, brauchte ich jedenfalls ziemlich dringend.

„Hey, Max meinst du, das ist richtig? Ich meine, Nico und ich haben halt kein Asthma, und noch letzte Woche haben wir dich hier von der Erde aufgekratzt. Diese Kur auf Sylt wird auch für die Katz sein. Mach doch wenigstens mal 'ne Pause mit dem Rauchen."

„Och, sterben tun wir doch alle irgendwann."

Dies sagte er so betont langsam und scheinbar ungerührt, aber andererseits auch in einem etwas trotzig-verzweifelten Ton, den ich gut von ihm kannte. Dieser Ton machte mich nicht selten kribblig, reizte mich, ihn zu rütteln und zu schütteln, aber heute nicht.

„Du musst es wissen. Aber echt, es war gar nicht mehr lustig, als Nico und ich dich hier wiederbeleben mussten!"

„Joah, übertreib mal nicht. Würd' ich übrigens auch für euch tun. Hast du die Kohle fürs Kino von deiner Mutter bekommen?"

Sein Handy piepte einmal, aber er machte null Anstalten, sich die SMS anzusehen.

„Ja, ja klar habe ich. Übermorgen Türkei, Max, nix Sylt oder so wat. Meer, Sand und Strand! Immer Sonne. Ich habe dir doch von meinem coolen Cousin Levent erzählt. Nicht nur, dass er gut aussieht, für die Schule muss er nie lernen und ... ach ich weiß nicht ... irgendwie ist der so anders, so ruhig, ohne langweilig zu sein, lächelt immer. Ich freue mich vor allem ihn zu sehen. Yipieeyo."

„Ja? Mach mal ein Bild von dem."

Max schaute mich mit einem leicht angeekelten Gesichtsausdruck an. Ihn schien meine sprudelnde Freude abzustoßen. Er freute sich anscheinend auch nicht so richtig auf die sechs Wochen auf Sylt und fuhr sich mit seinen langen Fingernägeln durch seine fettigen braunen Haare, sah mich von der Seite aus seinen wässrig-blauen Augen an. Ich musste beim Blick in seine Augen wieder an einen Fisch denken, der in einem trüben Bach einsam seine Runden dreht. Normalerweise hatte ich, und wohl auch Nico, den Reflex, ihn beschützen zu wollen, aber heute nervte er mich langsam.

„Max, was würdest du richtig geil finden, sag mal!"

„Och, weiß nicht ..."

„Weißt du was, Max? Lass uns mal nicht ins Kino gehen, irgendwie hab ich doch keinen Bock. Ich hab' gestern Pro Evolution ausgeliehen."

„Na gut, dann gehen wir halt ein wenig zocken."

Wir waren ganz ins Spiel versunken, als uns ein begeistertes: „Max, naaaa- wie gäht Max? Was mach die Maaama?", von dem Monitor aufschrecken ließ. Meine Mutter stand in der Tür.

Wie immer, wenn ihn eine Situation überraschte, hustete Max erst einmal aus vollen Bronchien.

„Ähäm. Och, hallo Frau Yemer, jo ähäm, gut."

Max strahlte jedes Mal, wenn er meine Mutter sah. So viel Begeisterung hatte auch er nichts entgegenzusetzen, und seine Wangen nahmen ein gesundes Rosa an. Meine Mutter betrachtete Max wohlwollend. Ich befürchtete das Schlimmste, als ihr Blick bei seinen langen Fingernägeln angekommen war.

„Und, Max, komm! Ich verwöhne dich wieda? Du weiss, ich bin Profikuaför in Türkei gäwäsä! Wir machen deine schönä Haare wie bei Mühlhasen, und Nägel richtischh schöön manikür wie einä Star, so wie lästä Mal!"

Mama war ein echter Pfadfinder im Herzen, aber jetzt musste ich mal dazwischen!

„Neeeeee Mama! Das geht heute nicht, wir wollen das Spiel noch zu Ende spielen, und gleich muss Max auch nach Hause, stimmt's Max? Außerdem musst du doch noch die ganzen Tüten in den Koffern verstauen, oder Mama?“

„Och, ich hab Zeit ...“, sagte Max mit einem breiten Grinsen, so dass ich ihm nicht wirklich böse sein konnte. Ich gab meine Gegenwehr auf. Er liebte die Beautybetreuung durch den Schönheitssalon Yemer. Es gab niemanden sonst, für den dieser spezielle Salon je geöffnet hatte. Es hatte ewig gedauert, bis Max in der ersten Klasse mit mir warm wurde, aber schon beim ersten Treffen mit meiner Mutter war er Wachs in ihren Händen gewesen. Jedenfalls sah ich diesen zerfließenden Wachs nun auf unserem Küchenstuhl sitzen, nachdem Ma ihm in Windeseile die fettigen Haare im Bad gewaschen hatte. Die Haare an den Ohren wurden akkurat gestutzt. Hinten wurden sie kurz rasiert, und das Deckhaar war nur ein wenig länger. Echt top! Innerhalb einer Dreiviertelstunde sah er wieder gut aus! Max strahlte so stolz wie ein Erstklässler bei der Einschulung. Meine Mutter sollte nicht in einer Fabrik arbeiten, sondern bei Mühlhausen, dachte ich wieder beeindruckt - wenn da nur die zwei kleinen Einschnitte im Ohr- und Nackenbereich nicht gewesen wären, wobei das Ohrläppchen diesmal schon ein wenig stärker blutete. Max schien es nichts auszumachen, jedenfalls beeilte er sich nach dem kleinen Unglück mit einem Lächeln zu sagen: „Nicht schlimm, Frau Yemer. Macht nix!“

Er bekam dann noch großzügig Nivea ins Gesicht einmassiert. Einige weiße Cremeflecken an Wange und Stirn waren noch sichtbar. Wenn er sich nicht wusch, konnte die Portion für den Monat reichen. Zu guter Letzt schnitt Mutter Max die langen Fingernägel, was Max wie immer ein wenig peinlich war. Er räusperte sich dabei in einer Tour. Am Ende sagte mein wortkarger Freund, der von Komplimenten nie Gebrauch machte:

„Wenn Sie einen Salon hätten, würde ich mir sofort ein Abo kaufen, Frau Yemer! Danke, vielen Dank."

WOW. Max war imstande, einen zu überraschen. Ich fand, damit hatte er vielen Menschen die ich kannte, Einiges voraus.

Am Abend saßen Cem und ich schon am Tisch und warteten auf die Linsensuppe.

„Na Kaan, Super-Film gesehen mit deinen coolen Freunden Nico, dem Riesen, und Max, dem Stummfisch?!"

Bei Stummfisch machte Cem ein Fischmaul nach und brach sich dann zackig ein Stück Brot ab.

„Nö."

Eigentlich war das keine zwei Buchstaben wert, nicht mal ein einziges N und auch kein ö. Gleich würde Pa kommen und ihm wegen der Locke eine scheppern, gleich würde er nicht mehr lachen. Andererseits schien Cem guter Dinge und machte sich keine Sorgen. Hatte er seine Strähne vergessen? Als Papa ins Wohnzimmer kam und daraufhin auch Mama sich setzte, schien ich der Einzige zu sein, der hier wirklich sehr, sehr gespannt auf den weiteren Verlauf des Abends zu Hause war. Was war los? Nichts passierte, bemerkte Papa die Strähne nicht? Jedenfalls strahlte er, anscheinend im Hinblick auf die Fahrt in die Türkei.

„Morgen geht es in die *Heimat* Kinder, freut ihr Euch?! Dieses Jahr fahren wir fast die ganze Türkei ab, und ich weiß nicht, ob eure Mutter euch das gesagt hat:

Wir schauen nach Orten, wo wir vielleicht in ein, zwei Jahren endlich sesshaft werden können. Dann ist die Ausländerzeit endlich vorbei!", sagte er auf Türkisch.

WUMS!

Seine schwarzen, kleinen Kulleraugen strahlten und schienen sich im Kreis zu drehen. Er sah jetzt wieder aus wie Louis de Funès, weswegen Cem und ich ihn auch einfach Louis nannten. Er war aber auch dann eine Kopie des Schauspielers, wenn er sich aufregte: die Arme flogen nach oben, der Kopf wurde, etwas geneigt, in den Nacken geworfen, und er riss die braunen Augen auf, als ob er seine Umgebung damit verschlingen wollte. Gleichzeitig folgte eine ordentliche Ladung von vielen, vielen Wörtern. Jetzt aber grinste er über das ganze Gesicht und hätte mehr als zehn Jahre jünger gewirkt, wenn er keine Halbglatze gehabt hätte. Totenstille am Esstisch. War da nicht auch wieder dieses Wort: *Heimat?* Heimat schön und gut - für die Sommerferien! Aber Heimat für immer? *NE! Nie!* In meinem Magen nistete sich ein Stein ein. Der Hunger war weg. Ich sah zu Cem, der sich nervös die Strähne vor dem Auge hochpustete und einige Sekunden stumm in den Suppenteller schaute. Mutter hielt in der rechten Hand regungslos den Löffel und fasste mit der anderen an den Rand des Glastisches, als ob sie sich festhalten müsste. Papa bemerkte nichts von alledem. Obwohl er uns schon letztes Jahr vor den Sommerferien damit geschockt hatte, dröhnte das Thema Umsiedlung in unseren Köpfen wieder wie ein Hammer auf einen Amboss. Louis war immer der Einzige, der die Leidenschaft für dieses *Heimatprojekt* aufbrachte, aber er schien das irgendwie nicht zu erkennen. Wir erholten uns trotz allem innerhalb von Sekunden, seine Ausbrüche waren uns ja bekannt. Ma zwinkerte Cem und mir aufmunternd zu und nickte nun wieder gefasst. Dabei neigte sie den Kopf und machte einen Kussmund. So beiläufig wie möglich hielt sie sich den Zeigefinger vor den gespitzten Mund. Ich und wohl auch Cem verstanden das als: Lasst ihn nur reden, nur die Ruhe. Wir hatten eine gemeinsame Mission zu erledigen — an diesem Esstisch! Wir taten also nichts anderes als ihm zuzuhören, in der vagen Hoffnung, dass er sich das Projekt selbst niederquatschte …

„… das wäre schön, ihr geht dann auf die besten Privatschulen, ich eröffne wieder meine kleine Boutique - wie damals in Istanbul, verkaufe meinen selbstgemachten Schmuck. Sich endlich nicht mehr in diesen dreckigen Fabriken krumm machen, beim Schweißen die Finger verbrennen, ach … Und Yasemin, du kümmerst dich um den Garten … wär' das toll!!? He …"

Garten? Wieso begriff Vater nicht, dass Mutter noch nie einen grünen Daumen hatte? Bei ihr waren, seit ich denken konnte, die großen M's angesagt: Mode, Make-up und der Migrantenverein, wo sie seit fast zwei Jahren ehrenamtlich aushalf. Keine Pflanze überstand länger als vier Tage in unserem Haushalt. Na ja, ein kleiner gelbgrüner Kaktus kämpfte in unserer Küche seit zwei Jahren einsam und wacker ums Überleben. Ich fragte mich wirklich, wo Papa eigentlich lebte! Jedenfalls hieß es weiter, auf gar keinen Fall offen revoltieren. Wir ließen ihn erzählen, nur Ma schwächte hin und wieder eins seiner Argumente vorsichtig ab:

„ … die Privatschulen dort sind nicht ganz so gut wie die staatlichen hier, da müssen wir mal sehen und die Immobilienpreise ... sind schon etwas gestiegen. Hm, wir finden schon eine Lösung, na ja …"

Ich hielt eigentlich ganz meine Klappe, und je länger das Thema „besprochen" wurde, desto mehr hatte ich das Gefühl, dass wir Deutschland-Fans die Übermacht gewannen. Es gab Hoffnung, dass das *Projekt* irgendwie wieder verschoben würde. Die leckere Linsensuppe aß ich nicht mehr ganz auf, obwohl sich die Verkrampfung meines Magens immer mehr legte. Vater aß drei Teller und bemerkte Cems Strähne wieder nicht.

Mich schlafen stellend, hörte ich, wie Papa an Cems Bett saß, und die beiden leise beteten. Es war nicht das erste Mal, dass ich sie arabisch reimen hörte. Ich hatte es sogar schon so oft gehört, dass ich die Zeilen auswendig konnte: „Sübhaneke allahüme ve bihamdik ve teba rakesmük ve teala ceddük ve la illaha gayrük ..."
Ich war noch immer nicht dabei. Was war der Grund? Papa musste doch spüren, dass ich mich viel mehr für Gott und Beten interessierte als Cem! Sah er das nicht? Cem sagte oft - natürlich nur vor mir: „Gott. Gott bin ich." Er hielt nichts vom Beten oder von Gott, aber der Singsang mit Vater schien ihm irgendwie zu gefallen, er machte jedenfalls immer klaglos mit. Ich fühlte mich heute besonders allein, nicht erwünscht - warum auch immer. Mit hektisch wirbelnden Fragezeichen im Herzen schlief ich ein.

Am Morgen machten sich Papa, Cem und ich schick für die Moschee. Schick hieß bei mir knallgelbes Nike-T-Shirt und weiße Chucks. Papa wollte mich zwar noch zu einem weißen Hemd und meinem abscheulichen grauen Kindersakko überreden — das ich anlässlich einer türkischen Hochzeit ein einziges Mal anziehen musste —, aber es war nicht schwer, ihn heute Morgen mit einem *büte, büüüte* plus Dackelblick dahin zu kriegen, wo ich ihn haben wollte. Cem setzte schon zu Hause seine Yankee-Baseballmütze auf. Am Türausgang fixierte Papa Cem kurz, schaute verächtlich auf die Ami-Mütze, um dann plötzlich doch mild zu lächeln und ihm einen Klaps auf die Kappe zu geben. Wenn der wüsste, was darunter war! Ma ging noch im Dunkeln pfeifend aus dem Haus, zur Frühschicht in die Fabrik. Immer wenn sie ging, war sie so ausgelassen.

Wir drei fuhren schließlich noch vor Sonnenaufgang ohne Frühstück los, Richtung Köln. In Köln lebten sehr viele Türken, in Hückelfürth lebten auch einige, aber meine Welt überschnitt sich nicht mit der der anderen Hückelfürther Türken. Entspannte 110 km/h auf der Autobahn. Papa hatte es nicht eilig, das war gut so. Keiner redete. Die Straßen waren leergefegt, wir drei hingen unseren Gedanken nach. Ich war auch ein wenig angespannt, da es gleich in die reine Türkenwelt ging, oder genauer, in die reine Moslemwelt. Und ich konnte nicht einmal beten. Dabei hatte ich so viele Wünsche, und Gott war doch im Vierundzwanzigstundendienst, immer da, auch wenn man allein war, traurig oder sogar verzweifelt. Es hätte mir völlig gereicht, ihn in Not anzurufen, nicht um mir irgendein Extra zu wünschen. Wie gerne hätte ich jetzt beten gekonnt? Trotz dieser Nervosität war es schön, mit Cem und Papa im Auto zu sitzen. Diese Morgenruhe, und wir Männer allein. Wann war das schon mal so? Nicht, dass Ma nervte, aber die Gefahr von Streitereien war weit weg. Die Fahrt dauerte zu kurz. Als wir ankamen, herrschte schon ein wuseliges Treiben um die Moschee.

„*Cem, sapkani cikar* (Cem, zieh dein Käppi aus).“

„Aber Papa, man muss doch so eine Kappe tragen, schau mal, der Mann da hinten, der hat eine weiße an. Das wäre respektlos Papa, wirklich."

Schlechter Versuch.

„Cem ...!"

Vater verstand keinen Spaß. Cem drehte sich so, dass Papa nur die unbedenkliche Seite seines Kopfes sehen konnte, und zog das Käppi ab.

Der Vorplatz war voll. Es gab hier eine kleine Bibliothek im Innenhof, ein Café. Nichts hatte sich seit dem letzten Jahr verändert. Wir zogen die Schuhe aus und gingen gleich rein. Vater kannte niemanden, und so blieben wir nicht im Innenhof stehen, wie viele andere. Wir gingen an den hinteren Rand des Raums, und Cem zog mich an seine Seite und lächelte mich freundlich an:

„Komm, Kaan, wir machen diese Turnübungen zusammen."

„Hast du noch ein paar Hanteln dabei vom Fitnessstudio, dann lohnt es sich wenigstens?", fragte ich, glücklich über einen dieser freundlichen Momente, wie sie seit seiner blöden Pubertät immer seltener wurden. Cem lächelte. Aber ich wollte auch auf keinen Fall über Gott lästern und schämte mich, schaute hektisch zum alten Hodscha, als ob der uns, fünfzehn Meter weit weg, hätte hören können. Als wir letzten Sommer in Üsküdar mit Levent und meinem Onkel, dem Gemeindehodscha, in der Moschee waren, das ... das war ein ganz anderes Gefühl als hier in Köln. Die alte, weiße Moschee von Üsküdar hatte eine echte Kuppel, zwei Minarette. Im Innenraum war alles mit arabischen Schriftzeichen versehen – superschön. Hier war fast nichts verziert. Dieses grüne Hauptgebäude hätte eine Bibliothek in Hückelfürth sein können, eine unrenovierte. In Üsküdar hatten schon auf dem Weg zur Moschee viele Männer Onkel Yusuf begrüßt, und die Leute wurden direkt neugierig auf uns. Die meisten erkundigten sich, wer wir seien, begrüßten uns respektvoll und trotzdem herzlich. Ich hatte sofort das Gefühl gehabt, dazuzugehören, sicher zu sein, obwohl ich nicht beten konnte. Ich hatte das Gefühl, dass mein Papa und der gottlose Cem dazu gehörten, wir Yemers auch dazu gehörten. Ganz ohne uns anzustrengen.

2. Die Nacht vor der Abreise

Hodscha Ermis stand am Fuße eines riesigen Berges. Er blickte in die Ferne, und sein weißes Barthaar wehte im Nachtwind. Der Vollmond strahlte in einer sternenklaren Nacht. Ich fragte ihn:

„Hodscha, was bedeutet Zwischenland?“

Er gab keine Antwort, lächelte nur.

Es war wieder nur ein Traum von meinem Hodscha.

Erst langsam nahm ich total übermüdet meine Umgebung wahr: Ein Boxhandschuh hing noch halb an meiner linken Hand und war etwas nass von meiner Rotze, der andere lag auf dem Teppich. Ich zog den Handschuh aus und legte ihn auf den Boden. Mama würde sicher nicht mehr reinkommen. Vor einigen Tagen hatte sie noch versucht, meine *bösen* Daumen in so eine fiese, bittere Medizin einzutunken, um mir das Nuckeln endlich abzugewöhnen, es hatte aber auch nichts genützt. Am Morgen waren meine Daumen aufgeweicht, wie immer. Klar, es war superpeinlich. Aber am Ende fand einer der Daumen immer sein Ziel, was sollte ich denn machen? Unser Radio knatterte noch immer leise vor sich hin, ich musste also nur kurz eingenickt sein. Ich sah zu Cem rüber, der mit seiner Taschenlampe noch immer zu lesen schien.

„Hey Cem, bist du noch wach? Auch aufgeregt wegen morgen?“

„Pschhhht. Ich lese! Schlaf endlich Tüteken.“

Tüteken, wie einfallsreich der sein konnte! Jeder der sieben Buchstaben schien mir wieder mit der Wucht einer satten Ohrfeige ins Gesicht zu klatschen, in mein Ohr zu krachen, um sich dann in mir auszubreiten. Ich hatte das Gefühl, dass meine Brust mit einem Mal bleischwer wurde. Mit diesem hormonverseuchten Irren sollte ich in ein paar Stunden für sechs Wochen in die Heimat fahren, wovon mindestens eineinhalb Wochen im Miniraum unseres Peugeots abzusitzen waren. Wunderbar!, dachte ich.

An Schlafen war nicht mehr zu denken, und so döste ich weiter vor mich hin, leider nicht ohne mitzubekommen, dass Cem mittlerweile wieder seine Fingeraktion brachte. Ekelhaft. Ob Ma und Papa wohl auch so regelmäßig über ihn jubiliert hätten, wenn sie das gewusst hätten?! Es war das eine, dass er sich wieder am Hinterteil rumkratzte, aber als er sich wieder genau diesen verseuchten Finger unter die Nase hielt — bah! Ich wurde mit Boxhandschuhen und fieser Medizin gedrillt, die Daumennuckelei aufzugeben, aber wenigstens waren meine Finger sauber. Typisch. Vielleicht musste man, um so was zu verstehen, in die Pubertät kommen. Mann, jetzt heimliche Filmaufnahmen von der Ekelaktion, das wär's! Diesen heißen Streifen würde ich dann ohne Vorwarnung vor seiner Klasse zeigen. Einfach ohne Kommentar. Nein, oder noch viel besser: Ich würde ihm sagen, dass ich *Material* über seine perverse Aktion hätte, und er müsste mir sein Taschengeld geben, mich morgens strahlend mit „mein liebster Bruder" aufwecken, wenn ich redete, sofort seinen Satz abbrechen – nur dann würde ich dieses brandheiße Material vielleicht nicht vor anderen auspacken.

Vielleicht. Hi, hi!

Wie spät es wohl war? Cem zog schon die x-te Säge über den Stamm. Wie sollte ich jetzt auch einschlafen?! Bald war ich wieder in Istanbul! Vater hatte mir vorgestern gesagt, dass Istanbul ungefähr zweitausendfünfhundert Kilometer von Hückelfürth entfernt sei. Zweitausendfünfhundert. Das war so verdammt weit, so unglaublich weit. Und es musste schon deswegen unglaublich weit sein, weil die Menschen dort so anders waren, die Straßen, die Klänge, die Gerüche. Ja, genauso weit musste es auch sein, damit es sich so anders anfühlte. Wie lange man wohl mit dem Fahrrad bräuchte, oder zu Fuß?, dachte ich. Mir schwebte schon der würzige Geruch von Abenteuer um die Nase ... Tausend und eine Nacht! Plötzlich hörte ich Gerummel, dann wie Papa lauter wurde. Ich schaute auf die Nachtuhr. Es war schon nach eins!

„Ach was, das kommt verdammt noch mal mit ...! Wie willst du Semra erklären, dass ausgerechnet ihr bestellter Mixer zu groß war, hä? Gerade Semra!“, hörte ich Louis plötzlich wütend zischen.

Eigentlich sollte mich dieser kleine Streit nicht beunruhigen, ich kannte das doch schon vom vorigen Jahr und dem Jahr davor und dem davordavordavor. Aber meine Gedanken fuhren plötzlich in beunruhigende Richtungen Karussell, und mein Herz pochte, als ob es mir sagen wollte, dass ich mich wohl nie ganz daran gewöhnen würde. Sie gingen hin und her, anscheinend immer noch oder wieder beim Kofferpacken. Wie kalt mir plötzlich unter der Bettdecke war! Mir kam die Situation vom letzten Samstag im Aldi wieder in den Sinn, als ein älterer Herr an der Kasse meinen Vater mit einem Zwinkern ansprach:

„Das haben sie aber verdammt gut hingekriegt mit ihrer Tochter ...“

Dabei lächelte er breit und sah Ma geifernd an. Ekelhaft, der Alte. Pa sagte am Tatort zunächst nichts, er dampfte nur. Früher waren solche peinlichen Situationen auch mal vorgekommen, aber selten, und wenn, dann war Pa zwar stinkig gewesen, aber er brüllte Ma nicht bei der nächsten Gelegenheit so zusammen, wie letzte Woche im Auto. Danach hatte ich wieder dieses stundenlange Piepsen im rechten Ohr. Vielleicht hing es damit zusammen, dass Papa vor zwei Jahren diese Krankheit bekommen hatte, die dazu führte, dass sein Bauch wie ein aufgepumpter Ball aussah und sein Haarkranz quasi über Nacht ergraute. Er wirkte innerhalb weniger Wochen zehn Jahre älter. Dabei waren Ma und Papa beide gleich alt, genau achtunddreissig. Ma sah, seit ich denken konnte, jünger aus als sie war, flippig und quirlig. Pa wirkte vor der Krankheit nicht älter, aber auch nicht jünger. Nach der Krankheit schien er mit irgendjemand sein Lachen gegen Brüllen eingetauscht zu haben. Was für ein mieses Geschäft! Seit der Operation schien plötzlich nicht mehr nur eine dünne Pappwand, sondern die chinesische Mauer zwischen meinen Eltern zu sein.

Hinterm Fenstervorhang konnte ich die Umrisse des Sichelmondes sehen. Der Anblick beruhigte mich. Das Gewusel im anderen Zimmer wurde schließlich nicht mehr begleitet von Wortgefechten. Ach ja, sie waren schon Profis im Packen, und es wäre auch für Copperfield interessant zu sehen, wie viel Zeug diese zwei ohne jeden Zaubertrick in einen einfachen Lederkoffer zu hieven imstande waren — allerdings lagen bei ihnen danach auch immer die Nerven blank, wie jetzt. Sie würden es wieder irgendwie hinkriegen, und ich sah den nächsten Morgen im Auto schon vor meinem inneren Auge: Eine riesige Tasche würde zwischen Cem und mir auf dem Sitz thronen. Mindestens drei große Tüten mit Proviant plus Kühlbox unter den Beinen von Mama, so dass sie am besten die Beine halb aus dem Fenster hängen ließ, das Dachgepäck bis zum Anschlag vollgestopft, und schließlich die Stauräume unter den Vordersitzen zugestellt. So ging's. Eigentlich war es doch Wahnsinn. Dieser Stress, diese Enge - wofür?! Sind wir Karstadt auf vier Rädern? Heißen meine Eltern Aldi?

Es war mittlerweile bereits nach zwei Uhr. Wach, hellwach, immer noch! Mittlerweile hörte ich auch nur noch leises Wuseln. Die beiden hatten sich wieder komplett eingekriegt. Ich stand auf und machte das Radio aus. Im Vorbeigehen sah ich meinen friedlich schlafenden Bruder an. Wie lieb und nett er wirkte, wenn er so schlief!, dachte ich, mich sehnsüchtig an alte Zeiten erinnernd. Ich taperte zurück in mein Bett und starrte an die weiße Decke. Max und Nico würde ich lange nicht sehen, sechs Wochen lang weg! Ich freute mich auf meinen Cousin Levent, die steilen Gassen in den engen, kopfsteingepflasterten Straßen von Üsküdar, auf die alten Holzhäuser dort, die so urig wirkten, den süßlichen Geruch nach Gas in den Straßen. Und vor all diesen Dingen freute ich mich auf die bunt gepflasterten Bürgersteige, gelb, grün und rot, aus chaotisch zusammengewürfelten und oft angekatschten Pflastersteinen. Nur Hodscha Ermis wird wissen, warum ich gerade die Pflastersteine so ins Herz geschlossen hatte. Ich dachte noch einmal an den Traum mit ihm. Manchmal hatte ich das Gefühl, gar nicht das Kind von Ömer und Yasemin zu sein, gar nicht hierher zu gehören. Ich konnte mich leicht in den Gedanken hineinsteigern, bestimmt nur ein heimliches Adoptivkind zu sein, und in die Vorstellung, dass meine echten Erzeuger insgeheim Megakriminelle waren. In jedem Fall ordentlich asozial, aber doch mit Stil! Am Ende der endlosen Gedanken erschien mir wieder der Einzige, der mir wirklich nah war, Hodscha Ermis. Ich spürte wieder dunkelblaue Ruhe in mir. Dann stellte ich mir den Grenzübertritt von Bulgarien in die Türkei vor und erinnerte mich, wie wir voriges Jahr auf der danach folgenden Landstraße fuhren: Bei hellem Mondlicht sahen wir irgendwann das Meer, es war spiegelglatt und wirkte so friedlich. Der Schlaf kassierte mich doch noch ein …

3. Abfahrt

Um etwa halb fünf kraulte Pa mir die Haare, und als ob jemand auf den Lichtschalter gedrückt hätte und ich nie ein Morgenmuffel gewesen wäre, war ich hellwach! Nach den Badritualen setzte sich leider doch die Müdigkeit in meinen Blutbahnen fest und ich tapste wie immer zum bereits gedeckten Frühstückstisch.

„Ma, kannst du mir bitte fünf Rühreier zaubern?", hörte ich Cem sagen.

Was? Zu dieser Zeit, dieser unmuslimischen Zeit? Fünf Rühreier! Unsere Mutter schien noch zu schlafwandeln, jedenfalls stellte sie Cem wenig später wortlos den gefüllten Teller auf den Tisch. Der war weiter in seiner eigenen Welt und mischte mit einem großen Löffel den Inhalt eines Fünfhundert-Gramm-Joghurtbechers in den Berg Ei hinein, bis das Gemisch an eine Suppe erinnerte. Hallo? War hier denn keiner verwundert, kommentierte diese Ekelaktion denn wirklich niemand mehr? Waren alle abgestumpft außer mir? War ich hier der Einzige, der den giftgrünen und hochverstörten Hulk erkannte? Mir verging jetzt schon der Appetit, den ich morgens eh kaum hatte. Vor meinen noch müden Augen schaufelte er mit dem Löffel eilig das Kraftfutter in sich hinein. Wahrscheinlich dachte er, der innere Tank merkt nicht, dass er überquillt, wenn man ihn nur mit Schnelligkeit überrumpelt. Das Esswunder dauerte nur wenige Minuten. Danach genehmigte sich Hulk auch noch einen Vanille-Eiweißdrink und einen - von Mama — selbstgepressten XXL-Orangensaft. Cem ließ sich von meinem Dauerstarren natürlich null irritieren. Wenn man so weit ist, muss Essen etwas Überirdisches sein, dachte ich schwer beeindruckt. Obwohl die Bodybuildingwelle doch längst vorbei schien, riss sie Cem anscheinend noch immer mit Haut und Föhnwelle mit. Worte wie Eiweißpulver, Bizepsdurchmesser, Bankdrücken und Vollkornbrot hörte ich täglich, seitdem er sich im *Schwarzenegger-light-Studio* angemeldet hatte. Was für einen Ehrgeiz Cem plötzlich aufbringen konnte! Er aß bereits seit Monaten auf diese Art, und seine Arme waren schon mächtig angeschwollen. Hatte all der Aufwand wirklich mit Pubertät zu tun? Wie konnte er bei der Völlerei überhaupt noch einen Sixpack haben?, fragte ich mich.

Papa hingegen, mit seinem gut genährten, aber vor allem aufgeblähten Bäuchlein, sah ich auf einem dünnen Brot mit Käse rumkauen. Auch er schien von der Essorgie am frühen Morgen gar nicht beeindruckt, vielleicht war er aber auch nur abgekämpft vom nächtlichen Packen.

Als wir leise ins Treppenhaus traten, schlummerten die Familien Wenzel, Seils und Kölsch noch. Ich fühlte mich wie auf einer geheimen Mission: die hatten hier ihre eine Welt, ich aber hatte zwei davon. Und ich wusste, dass es zwischen beiden Welten keinen soften Übergang gab, wie bei Raumschiff Enterprise: Beamen und wumms turnt man in einer anderen Galaxie herum!

Alles friedlich, aber dann, als Papa die Haustüre öffnen wollte, sah er Cem an, stoppte, stockte, wollte etwas sagen, stammelte …

Patsch!

„*Ulan*, du jets schwühl, du asheloh. *Yine keseceksin o pis sacini!* (Du wirst diese hässlichen Haare wieder schneiden!)."

Patsch, die Zweite!

Cems Kopf flog zweimal nach hinten, so wach war auch er noch nicht. Auweia, das tat weh, und es schallte heftig im Hausflur. Die Nachbarn schlummerten jetzt bestimmt auch nicht mehr … Cems Augen waren weit aufgerissen und er schaute Louis verächtlich an, sagte aber kein Wort. Mama ging eilig dazwischen und zog Papa – Gott sei Dank – Richtung Auto, während er wütend weiter murmelte. Cem und ich staksten langsam hinterher, um ein wenig Lücke zwischen Pa und Cem zu kriegen.

„Dass Pa das so spät bemerkt hat! Da hast du Glück gehabt Cem, oder? Auf der Skala von eins bis zehn war die Ohrfeige höchstens eine Acht!", bemerkte ich leise. Es war nur ein Versuch, ihn zu trösten. Als Papa sich abdrehte, wurden Cems große Wutaugen sofort wieder kleiner, als ob ein Lichtschalter ausgeknipst worden war. Er sah nun gedankenversunken auf den Boden. Meine Worte schien er gar nicht gehört zu haben. Er war kalt erwischt worden und merkte jetzt nicht einmal, dass ich meine Hand auf seine Schulter legte, sonst hätte er seine Schulter sicher weggezogen. Ein zu lauter Morgen. Ein viel zu lauter Morgen war das. Ich spürte nichts von dem Spaß, den ich mir versprochen hatte, wenn Papa Cem endlich erwischen würde. Angekommen an unserem dunkelroten Peugeot-Kombi, verstaute Papa mit Mutter noch schnell die Kühlbox und weitere Taschen und Tüten. Keiner redete, und ich hatte das Gefühl, dass jeder die Ohrfeigen einfach sofort im Hirn löschen wollte, auch Papa. Das was gerade geschehen war, passte gar nicht zu dem, worauf sich eigentlich alle freuen wollten. Draußen war es noch ganz kühl. Ich schloss als Letzter meine Tür und hoffte, die Heizung würde schnell ihren Job machen. Klick. Stille in unserem neuen Zuhause auf Rädern. So eine Art von Stille, in der man das Gefühl hat, dass die Sekundenzeiger aller Uhren auf der Welt stillstehen, nicht nur man selbst, sondern alle Menschen auf der Welt plötzlich in Starre verfallen, die Regentropfen in der Luft hängen bleiben und nicht der leiseste Wind mehr blasen *kann*. Totale Stille für einen winzigen Moment.

Ich blickte auf die taunasse satte grüne Wiese, neben dem Parkplatz.

„*Bismillah* (mit Gottes Erlaubnis)“, sagte unser teilzeitgläubiger Vater noch sanft, bevor er den Zündschlüssel drehte. Spätestens das Starten des Motors drang gewaltsam in diese Stille, und Pa fuhr die steile Straße bergab über den Graf-Arnold-Platz, Richtung Schnellstraße. Über meinem müden Körper lag eine seltsame Mischung aus totaler Entspannung und Aufgeregtheit. Ich musste nichts tun, einfach nur hinten im Auto sitzen und das Abenteuer geschehen lassen. Meine gesamte Hautoberfläche kribbelte, als ob tausend Schmetterlinge ihre Flügel an meine Ohrläppchen und Zehenspitzen schlagen würden. Kurz darauf fragte Papa an einer Straßenkreuzung:

„*Sag taraftan araba geliyor mu Kaan?* (Kommt ein Auto von rechts, Kaan?).“

Ich hörte mich noch verträumt sagen,

„*Yok gelmiyor*. (Ne, kommt nix.).“

Plötzlich schrie Ma vorne aufgeregt:

„*Dur Ömer, araba geliyor!!!!* (BREMS, Ömer! Ein Auto!)“

Vater trat mit aller Kraft auf die Bremse! Die Reifen quietschten. Puh!

Ma hatte den Mini im letzten Augenblick gesehen. Louis schrie:

„*Ulan velet, salak....!* (Du Rotzlöffel, du Idiot...!)“

Ich säuselte noch leise:

„*Ama baba, sade ufak bir arabaydi* ... (Aber Papa, es war doch nur ein kleiner Wagen ...)“

Papa war wütend, alle waren knallwach. Wenn es so weiter ginge, würde unser Fahrer noch vor der österreichischen Grenze einen Herzinfarkt bekommen. Irgendwie fing die Reise nicht wirklich gut an. Es kann nur besser werden, dachte ich. Es dauerte ewig, bis die Wärme sich im Kombi durchsetzte, was den Vorteil hatte, dass Pa dann wenigstens nicht die Schuhe auszog. Aus dem Autofenster auf die öde Gegend blickend, verabschiedete ich mich innerlich von meinen tief schlafenden Freunden und vermisste sie jetzt schon schrecklich. Ich merkte, wie mein Körper sich langsam schwer anfühlte und sich die morgendliche Müdigkeit allmählich wieder breit machte.

Hodscha Ermis stand erneut am Fuße des Berges und nahm mich an die Hand. Er ging zielstrebig mit mir den Berg hinauf, immer höher, bis wir an einem Aussichtspunkt ankamen. Plötzlich war der Hodscha weg, und ich stand in unserem kleinen Wohnzimmer. Meine Eltern saßen mitten im Raum, mit dem Rücken zueinander, auf zwei roten Plastikstühlen. Sie hatten keine Münder mehr! Und sie schienen mich auch gar nicht zu sehen. Papa fasste sich plötzlich mit einer Hand an den unteren Teil seines Beines, immer wieder...

Nun stand ich plötzlich vor meiner Schule. Die Schulglocke erklang sonderbar schrill, sonst hörte ich nichts. Ich sah aber Sophie, Max und Nico mit Schulranzen zum Busbahnhof gehen, keine anderen Kinder. Sie gingen direkt an mir vorbei. Ich lief hinterher und wollte sie fragen, ob sie wüssten warum alles so sonderbar sei, wedelte mit den Armen vor ihnen, dann schrie ich sie an, bat sie, mir zuzuhören und sprang vor ihnen herum, bis ich plötzlich bemerkte, dass sie gar keine Ohren hatten und ihre Augen ganz weiß waren. Ich setzte mich in die Mitte des so riesig wirkenden Schulhofs und weinte. Es war ein befreiendes Weinen. Ich dachte an Max und Sophie, meine Mutter, die hügelige Landschaft von Hückelfürth, den kleinen Waldspielplatz vor unserer Haustür, sah mein Klassenzimmer vor mir, und dann stieg dieser schöne ländliche Duft in meine Nase, den ich tief einatmete.

Hodscha Ermis stand wieder neben mir, am Fuß desselben Berges. Er sagte nichts, sah in die Ferne und war ganz dicht bei mir.

Was für ein Traum!?! Ich streckte die Arme lang und breit aus, um zu mir zu kommen. Pa bremste plötzlich und konnte durch einen guten Reflex verhindern, auf den vor uns bremsenden BMW aufzufahren. Wenn er nur etwas mehr Abstand halten würde, läge Cems Frisur genauso gut wie drei Sekunden zuvor, und wir beide hätten ein netteres Aufwachen gehabt, aber nein! Cems grimmig-müde Miene sprach Bände, aber er sagte genauso wenig wie ich. Dann räkelte er sich auch und schloss trotzig wieder die Augen. Seine Laune konnte wechseln wie der Wind an der Ägäis. Ich hoffte natürlich, dass Monsieur gut geschlafen hatte. Ich hoffte, dass die Pubertäääät gerade harmonisch verlief. Ein Anhaltspunkt für schlechte Laune konnte etwa ein monströser Eiterpickel sein. Ich sah ihn an: weit und breit nichts zu sehen, gut! Immerhin konnte er hier im Auto, weniger als einen Meter von Ma und Papa entfernt, nicht völlig sultanhafte Willkür walten lassen wie zu Hause. Eine seiner neuen Angewohnheiten war es, seine Schultasche in die Ecke unseres Kinderzimmers zu werfen und dann auf sein Bett zu springen. So weit, so gut. Dann aber machte ihm neben der Müdigkeit zu schaffen, dass er auf die Toilette musste. Er brummte dann:

„Kaan …! Kaaan, komm her! Bring mir die Toilette ans Bett, hopp hopp!“

Solche Spiele waren hier im Auto vollkommen tabu, wie gut. Das erste Mal hatte ich noch an einen Scherz gedacht. Mit der Zeit wurde klar, dass er das Spiel weiter spielen wollte, zuletzt vorgestern. Er zog es gewissermaßen als Drohung auf und brummte immer lauter:

„Bring die Toilette her, lass dir was einfallen, Tüteken!

Ich konnte mich gut an den letzten Nachmittag erinnern – Panik rauschte wie eine Armee kalter Soldaten durch meine Adern. Ich hörte mich irgendwie bekloppte Erklärungen stottern, dass ich die Toilettenschüssel nicht abmontieren könne, und wenn ich es könnte, würde seine Kacke schließlich auch nicht dahin fließen, wo sie hin sollte. Schließlich wäre ich kein Gas- und Wasserinstallateur und so weiter. Es machte ihm dann wohl keinen Spaß mehr, mich dämlich rumstottern zu sehen, und er ließ von mir ab.

Cem wurde doch nicht wach. Ich bemerkte die Beule in seiner Hose, wahrscheinlich träumte er wieder von Rihanna, oder sonst wem. Bah, und das direkt neben mir! Ich hoffte, dass wenigstens die beiden vor uns diese peinliche Beule jetzt nicht mitbekamen, und ich hoffte auch mit aller Kraft, dass er nicht wieder im Schlaf reden würde, oder sogar stöhnen. Ich dachte an Max und daran, dass er auch bereits dem Kreis der Beulenidioten beigetreten war. Trotz aller doofen Erfahrungen mit der Pubertät von Cem, wollte ich doch der Erste in meinem Freundeskreis sein, der lospubertierte. Egal, ob es gut oder schlecht war, ich wollte einfach der Erste sein. Alles Ziehen und Zerren an dem Ding nutzte aber nichts.

Es war schon später Nachmittag, und wir hatten bereits sechshundert Kilometer hinter uns. Mutter dirigierte Pa in Richtung Grenze. Die Landschaft veränderte sich, man sah die ersten Bergketten. Wir waren kurz vor Österreich. Cem reckte sich und sah aus dem Autofenster.

„Ach wie gut, dass es noch keinen Stau gab, Familie!“, sagte Papa gut gelaunt und biss kraftvoll in einen Apfel, den Ma ihm reichte. Wenigstens solange er einen Apfel in der Hand hält, könnte er auf der Kriechspur fahren! Wofür gibt es denn hier drei Spuren?, dachte ich genervt. Die steinernen Tobleronespitzen hätten gern eine Ecke langsamer vorbeiziehen können. Der Blick aus dem Fenster fesselte mich immer mehr. Bilder von einer Wanderung tauchten (in meiner Erinnerung) auf, als würde ich die Gefühle von damals wieder erleben. Ich fantasierte mich auf diesen Berg, der doch so deutlich kleiner gewesen war als die, an denen wir gerade vorbei fuhren. Vom Gipfel senkte ich meinen Blick so herunter wie damals. Als ob ich nicht mehr in dem engen Auto in einem Gemisch aus leicht säuerlichen Körpergerüchen und Börek-Note sitzen würde. Mein Fantasiekino ratterte, und nichts konnte echter sein als das, was ich jetzt gerade fühlte. Der prickelnde Schwindel von damals machte sich in mir breit, und ich hatte den Eindruck, dass sich meine Brust öffnete, um die unendliche Weite der Welt in mich einziehen zu lassen. Es roch wieder nach frischer, würziger Landluft. Mein ganzer Körper schien aus abstehenden Härchen zu bestehen, so wie damals an dem Sommertag.

An einer Raststätte, kurz vor der Grenze machten wir halt.

4. Graf Dracüla

Die erste Etappe war geschafft, Deutschland lag hinter uns. So! Hier, in Österreich, durfte man ein wertvoller Ausländer sein, einer von der besseren Sorte: ein Tourist! Ha. Noch immer bewunderte ich die Berge. Bayern oder Österreich, es gab scheinbar keinen Unterschied: Bauernhäuser und Heidi-Landschaft, nur die Straßenlinien waren gelb und die Nummernschilder der Einheimischen schwarz. Trotzdem, Hückelfürth schien mir schon jetzt, am ersten Tag, so weit weg.

Nach etwa drei weiteren Stunden hielten wir bei einer netten Pension, direkt an einem steilen Berghang. Es war mittlerweile dämmrig geworden, und wir waren alle hundemüde, obwohl das bei Cem nicht so recht erklärbar war. Wie schön, wieder Platz zu haben, weg von dieser dauerschlafenden Beule. Cem und ich bekamen ein großes Zimmer mit einem riesigen Doppelbett, über dem irgendwie bedrohlich ein riesiges Jesuskreuz prangte. Ich öffnete sofort das Fenster und konnte direkt auf die riesigen Berge sehen. Wie winzig man sich da vorkam! Cem sah sich ein wenig um und fand schnell das Wichtigste im Zimmer: den riesigen Ganzkörperspiegel neben dem Bett. Er sollte auch mal 'ne Stunde aus dem Fenster sehen, auf diese Mega-Kolosse, nur um seine Winzigkeit mal für einen Moment zu spüren. Stattdessen zog er seine Ärmel hoch und betrachtete im Spiegel wie so oft seinen Vierzig-Zentimeter-Bizeps. Die Bergspitzen umgab langsam ein leicht dämmriges, violettes Licht. Ein kleiner Bach plätscherte direkt an der Pension vorbei.

Alles wirkte wie aus einem der kitschigen Sissi-Filme, die Mama so liebte. In einiger Entfernung, direkt an einen Berghang gebaut, lag auch ein kleines Schloss, wo bestimmt noch so 'ne Prinzessin lebte. Vielleicht war es aus der Nähe betrachtet auch nur ein schlecht besuchtes Museum, dachte ich, noch immer beeindruckt aus dem Fenster blickend, bis Cem, begleitet von einem freundlichen Grinsen, dröhnte:

„Mach mal Platz du Knalltüte, hast du das Fenster hier gekauft oder wie? Ach, und da drüben mein kleiner lieber Bruder wohnt übrigens der Graaaaf Dracülaaa, wie sie ihn hier nennen. Dracüüüla. Der, der hier residiert, ist auch kein Transylvanier, sondern eine eigentlich noch viel gefährlichere Sorte aus den rauen Bergen Anatoliens! Er ist in Österreich als Asyl-Dracüla untergekommen, da sie in seiner Heimat unerbittlich Jagd auf Vampire machen! Aber kein bisschen weniger gefährlich, verstehst du?! Was lächelst du denn so dämlich!?"

„... Mhm, stand das diese Woche bei Dr. Sommer in der BRAVO? ... Und unser Vater ist sein unehelicher Sohn, richtig? Zu viel Eiweißpulver soll Hirnmasse Richtung Bizeps abwandern lassen, wusstest du das?"

Ups, das war vielleicht ein bisschen dicke ... Cems Mundwinkel zogen sich nach oben. Ihn schien mein wahnwitziger Mut zu belustigen, er war anscheinend gerade recht gut gelaunt.

„ ... Hör doch mal zu ... Er kommt wirklich aus den Bergen von Erzurum, da, wo Papa herkommt! Pass heute Nacht auf dich auf, und wehe, du weckst mich! Übrigens, bei der türkischen Version kannst du natürlich den Knoblauch vergessen, die lieben den! Weißt du noch? Ma musste nach dem Film *Tanz der Vampire* Knoblauch an deinem Bett anbringen. Und wie du nachts geschrien hast im Traum!! Hehehe."

„Jetzt hör auf mit dem Kinderkram! Ich war da noch ganz klein!"

„Ja klar, ist ein halbes Jahr her, da hast du ja noch Windeln gehabt und Daumen gelutscht – ups, 'tschuldige. Mann, bist du ein Baby. Dein Alptraumgeschrei ist mir echt auf den Sack gegangen."

„Dafür gehst du mir seit Monaten mit deinen ekligen Träumen auf den Sack, wenn du dich da mal hören könntest! Oh Kim, oh Sandra ... stöhn! Bah!"

Cem setzte diesmal ein anderes, überlegenes Grinsen auf, hob sein Kinn und wirkte noch größer als er ohnehin schon war. Ich hatte trotzdem die Hoffnung, dass ihm seine Mädchenträume ein wenig peinlich waren, dass mein Spruch irgendwo, irgendwie doch traf.

Wir machten uns bettfertig. Nachdem Cem seine heimlich gekaufte BRAVO ausgepackt hatte, dauerte es nicht lange, und kurz darauf schnarchte er schon wieder laut. Erst im Auto die ganze Zeit und jetzt so schnell wieder? Was für ein Penner!, dachte ich.

Ich hingegen lag völlig erschöpft im Bett, konnte aber dennoch nicht einschlafen. Mir war noch flau von Papas ruppigem Fahrstil. Und leider hing mir auch die Dracüla-Kacke noch im Hirn, bescheuert! Obwohl ich wissen musste, dass Cem wieder Blödsinn erzählt hatte. Ich sah zum superhellen Mond. Keine Wölkchen weit und breit. Vielleicht war gerade diese Nacht Mond gucken nicht die beste Einschlafhilfe. Wie war die Verbindung Dracula und Mond überhaupt entstanden?, überlegte ich. Ich konnte das nicht nachvollziehen, da der Mond für mich immer grundgut war und nur eine Etage unter Gott arbeitete. Ich liebte den Mond, noch mehr als die Sonne.

„Pst, Mond, ... das Abenteuer ist heute endlich los gegangen, die Rallye hat endlich begonnen! Der Schnarchbizeps drüben geht mir allerdings schon am ersten Tag auf die Nüsse, mal sehen. Sollte es Dracüla hier tatsächlich geben, was meinst du? Wenn ja, wäre ich echt ein leichtes Opfer. Mein super Bruder wird den tödlichen Biss eh verschlafen! Ha, ich werde so laut schreien, so laut, dass Ma es hört!", flüsterte ich.

Dann verließ ich diese Gedanken, dieses einseitige Gespräch, durch das ich weder fröhlich noch müde wurde, und switchte mit meinen Gedanken zu dem Schloss. Ich wollte es nicht, aber je mehr ich mich innerlich wehrte, desto mehr musste ich bei dem Schloss wieder an den Film *Tanz der Vampire* denken. Graf *Dracüla*! Mist! Cem hatte es geschafft, mir wieder richtigen Kuhmist einzupflanzen! Fiese Bilder klebten jetzt in meinem Hirn: der penetrante Graf in Menschengestalt mit einem breiten, türkisch gezwirbelten Schnurrbart wartete als Fledermaus am Fenstersims, um im passenden Augenblick seine langen Eckhauer in meinen Hals zu schlagen. So langsam spürte ich den Schweiß in meinen Achselhöhlen und zuckte bei einem kleinen Luftzug heftig zusammen. Dann meinte ich, einen Flügelschlag vernommen zu haben. Als sich die Bilder immer weiter in mir breit machten, trat ich auf die Notbremse, um mich abzulenken.

„Cem ...!? Hör mal, ...wie viele Zentimeter Umfang hat dein Bizeps noch mal?", fragte ich laut. Cem aufzuwecken hieß, 'ne Läusekolonie gegen eine Eiterpickelfarm im Gesicht einzutauschen. Aber die Schleimerei brachte nichts außer einem tiefen Brummen.

„Mhhhh!“

Cem war noch nicht im Tiefschlaf. Aber warum wurde er nicht wach? ... Oder war er ... ?! Ich traute mich nicht mehr, Cem, oder was immer da lag, noch einmal anzusprechen. Immer wieder blickte ich ans Fenstersims, von wo ich diese Flügelschlag-Geräusche gehört hatte. Die Fledermaus, die dort sicher steckte, verschanzte sich aber immer wieder, wenn ich hinüber sah, spielte mit mir. Ich zog mir die Decke erst bis zum Hals, dann über den Kopf. Mir wurde immer heißer. Ich schwitzte heftig. Notfalls würde Jesus über dem Bett einem hilflosen Jungen helfen, oder war der nicht aktiv für kleine Moslems?! Ich hatte das Gefühl, dass der Sekundenzeiger der Wanduhr Teil des Horrorspiels war: tick tack, tick tack. Wäre es doch nur schon wieder Morgen! Beim kleinsten Geräusch zuckte ich so heftig zusammen, dass ein Beobachter mich für einen Epileptiker hätte halten müssen, außerdem hatte ich mittlerweile einen satten Wasserverlust an die Organverwaltung zu vermelden. Aber lieber vertrocknen als aufstehen und mir ein Glas Wasser besorgen!

Irgendwann muss ich trotz der übermenschlichen Dracüla-Gefahr ohnmächtig geworden oder eingeschlafen sein, ich weiß es nicht mehr. Die zweite schlafarme Nacht hintereinander. Wenn das so weiter ging, dann brauchte ich tagsüber Wäscheklammern für meine Augen.

Dennoch, am nächsten Morgen war mir nach einem kleinen: „Halleluja, ich lebe!“ Hat man das rettende Ufer einmal erreicht, sind auch die haushohen Wellen, die noch kurz vorher auf das Schiff einschlugen, schnell vergessen. Ich war trotzdem noch vorsichtig und verbarrikadierte mich nach dem Aufstehen im Bad. Dann suchte ich hektisch jeden Zentimeter meines Körpers ab, nur zur totalen Sicherheit sozusagen. Cem schlug schon auf die Tür ein:

„Aufmachen, Junior! Ich bin es, dein Herr und Gebieter. Du erinnerst dich? Der mit den Vorrechten in allen, alleeeen Dingen!“

Da, da war doch was, da ... am Arm! Dracüla hatte doch zugeschlagen, als ich schlief! Ich antwortete nicht, hörte und spürte nicht mehr viel: ein leichter, roter Hubbel am rechten Oberarm. Ich war blass, blass, wie die weiße Badezimmerwand. Plötzlich erinnerte ich mich doch, dass ich morgens eigentlich immer so blass war wie jetzt, und mein Herz schlug nach kurzer Zeit wieder so ruhig, dass ich meine Brust nicht mehr im Spiegel zucken sah. Puh. Bei näherem Hinsehen und etwas weniger Pulsrasen sah ich auch, dass das am Oberarm nur ein Mückenstich war. Die Dinger, von denen ich immer so viele sammelte wie unser bekloppter Nachbar Joachim tote Schmetterlinge. Ich nahm mir trotzdem noch viel Zeit bei der Untersuchung meines Halsbereichs, was mich einen fiesen Krampf im Nacken kostete. Cem klopfte mittlerweile auch nicht mehr, sondern drohte, die schwere Eichentüre wortlos einzuschlagen. Einige Momente später gelang es mir, unter Einsatz der vorhandenen Spiegel im Bad, auch noch die letzten Winkel zwischen Hals und Nacken zu untersuchen. Als ich die Tür entriegelte und heraustrat, nahm Cem mich in seinen etwas muffelnden Schwitzkasten. Nach dem, was der Vampir mir hätte antun können, spürte ich das gar nicht. Auch der Geruch konnte mir nichts anhaben! Pah, wer war Cem?

Nach dem Frühstück ging es wieder los. Erst einmal weitere dreihundert Kilometer durch Österreich. Am Morgen lag noch Tau auf den Feldern, und eine frische Lavendelluft machte mich wach. Ich hatte trotz der unruhigen Nacht neue Kräfte. Der Sitz-Tag konnte kommen!

Cem schien das Warten aufs Badezimmer wenig ausgemacht zu haben, und wir spielten im Auto unser „*sütilac*-Spiel“. Sütilac heißt Milchreis. Das Spiel hatten wir vorige Weihnachten entwickelt, auf der längeren Rückfahrt von einem Besuch bei Verwandten. Da mussten Cem und ich ordentlich Luft ablassen, wegen dieser Riesenportion Sütilac, so dass wir bei jedem Pups ein lang gezogenes *süüüüüüütilac* hinzufügten. Es durfte aber nie länger sütilac gesagt werden, als der Pups tatsächlich dauerte. Ehrensache sozusagen. Wer länger sütilac sagte, hatte die Runde für sich entschieden. Das war das Spiel. Einfach, aber gut. Eigentlich ein übliches Wett-Pups-Spiel. Dabei ging es eher um exotische Höhen und Tiefen als um plumpe Lautstärke. Zu laut durften wir sowieso nicht sein, da Pa sonst sauer geworden wäre. Wir waren beide in guter Form, wahrscheinlich wegen dem Dauersitzen, jedenfalls gab es einige ziemlich außergewöhnliche *süüütilac.*

„*Hey, ne oluyor?! Pis herifler!* (Hey was ist da los, ihr ekligen Typen!)“, sagte Papa schließlich, während Mama anscheinend einen unsichtbaren Filter in der Nase hatte. Sie starrte träumerisch auf die weiten, satten Wiesen um uns herum. Als die Verwarnung nichts half, löste Louis eine Hand vom Lenkrad und schickte einen Krakenarm auf Reisen, in Richtung meiner Füße. Als er die nicht erreichte, ging er Richtung Cem`s Waden. Er erwischte Cem und zwickte ordentlich zu. Trotzdem lachte Cem, so leise er konnte, aber so heftig, dass seine Augen aus dem Gesicht zu fallen drohten. Als Pa merkte, dass wir uns über seine blanke Wut lustig machten, wurde er noch wütender, eigentlich wie immer, nur dass er in seiner Wutskala seit der Krankheit viel spontaner auf die Spitzenwerte kam. Wenn er so abging, bedeutete das auch immer eine gewisse Gefahr für die anderen Verkehrsteilnehmer, da es ihm wichtiger schien, uns zu erwischen, als auf den Straßenverlauf zu achten. Cem und mir war das gerade total gleichgültig, Mama eher nicht.

„Hör auf damit, Ömer, *yapma! Dikkat et arabalara* (Pass auf die Autos auf)."

Als er sich weiter verrenkte, um Cem zu erwischen, schrie er plötzlich: „Ah!", fasste sich mit schmerzverzerrtem Gesicht an den Nacken und rieb ihn sich wild fluchend. Die Muskelverspannung fanden Cem und ich noch komischer und prusteten los! Es war unser Glück, dass der Verkehr und die Schnellstraße kein Anhalten zuließen. Ma sagte weiter gar nichts und versuchte, ihr Grinsen zu verbergen. Als ich Cem in die Augen sah, hatte ich plötzlich so ein komisches Gefühl, als ob eine kleine Yemer-Brücke zwischen uns verlaufen würde. Diese Brücke gefiel mir. Als Papa einige Zeit später an der Zapfsäule stand, schaute er nicht grimmiger als sonst auch, seine Wut schien verraucht. Es sollte jetzt keine weitere Pause mehr geben. Ich vertrat mir kurz die Beine, Cem wollte im Auto sitzen bleiben,

„Ja, schnell, schnell, geh nur, da bin ich dich mal los, du kleiner Albino!", schickte er neckisch hinterher.

Nach wenigen Metern fiel mir ein knallroter Alfa Romeo in einer Parkbucht auf, der aus unserer Gegend kam. Das hatte mir ein kurzer Blick aufs Kennzeichen verraten. Ein geiles Auto!, dachte ich. Cem war Alfa Romeo-Fan, da lag es nah, dass ich mich auch dafür interessierte. Ich schaute zu Vater, der sich gerade Richtung überfüllter Kasse bewegte, und entschloss mich, noch ein wenig zu warten, bis der Besitzer dieses schönen Autos kam. Was für ein Typ das wohl war? Nur Sekunden später fiel mir ein großer, breitschultriger Mann, mit auffällig rotblonden Haaren ins Auge, der von den Toiletten kam. Als der Koloss sich mir näherte, glaubte ich meinen Augen nicht zu trauen! Seine Haare waren kurz und mit einer ordentlichen Portion Haarwachs nach vorne modelliert ... das, das war doch der Mühlhausen, der Friseur aus Cochhausen!, schoss es mir durch den Kopf! Klar! Das war er! Er kratzte sich an seiner muskulösen Brust und setzte eine dunkle Pilotenbrille auf. Herr Mühlhausen erkannte mich nicht, obwohl wir uns doch vor ein paar Tagen noch gesehen hatten. Am Auto angelangt, schloss er seine Autotür auf und ich sagte:

„Hallo, Herr Mühlhausen, wir kommen auch aus der Nähe von Cochhausen! Vielleicht erinnern Sie sich? Ich war vor einigen Tagen mit meiner Mutter bei Ihnen im Laden!"

Er drehte sich zu mir um, ohne den Schlüssel loszulassen, und ich hatte das Gefühl, dass er mich durch die dunklen Brillengläser erschrocken anstarrte. Er sagte jedoch nichts, schien zu einer riesigen, unbeweglichen Masse erstarrt, so dass ich es erneut versuchte:

„Ähhh, fahren Sie auch in die Türkei? Mama und Cem sind da drüben!"

Aber auch das schien ihn nicht zu einer freundlichen Unterhaltung bewegen zu können, also versuchte ich es anders:

„Boah, wie, wie schnell fährt der Alfa eigentlich?!"

Jan Mühlhausen ließ endlich den Schlüssel los, und zumindest war ich plötzlich nicht mehr der Einzige, der stammelte.

„... Ähh. 230 … ungefähr. Aber ich habe es eilig ... muss los. Schönen Urlaub, Kaan."

Nur einen Moment später sah ich Mühlhausen davonbrausen. Kaan? Er kannte meinen Namen?! Komisch! Es passte auch nicht zu dem Koloss, dass er so verschreckt reagiert hatte. Na ja, andererseits drehen auch Elefanten durch, wenn sie einer Maus begegnen. Die Begegnung mit Mühlhausen fand ich trotzdem echt merkwürdig. Pa rief schon nach mir, und ich lief Richtung Auto mit der Absicht, gleich die Neuigkeit von der Begegnung mit dem Starfriseur loszuwerden. Papas grimmiges Gesicht nahm mir aber gleich die Erzähllust. Mein bereits zurecht gelegter erster Satz stand plötzlich wie vor einer inneren Nebelmauer. Ich verlangsamte meinen Schritt. Mühlhausen hatte mich eigentlich links liegen lassen, was mir unangenehm war. Hm. Was sollte ich eigentlich genau erzählen, und wie? Nein, vielleicht später, dachte ich und setzte mich wortlos in den Wagen. Da war man auf dem langen Weg in die asiatische Welt und traf jemand aus dem weit entfernten Hückelfürth! Wie unglaublich klein die Welt sein konnte und was für Zufälle es gab!

5. Ein Fußballspiel in Kroatien

Vom beschaulichen Slowenien blieb bei mir irgendwie wenig wirklich haften, außer der Stadt Maribor.

M a r i b o r, was für ein Klang!

Wir standen nun kurz vor der ersten richtigen Grenze. Zwischen Slowenien und Kroatien war es eine Grenze, die den Namen echt verdiente, denn nach dem Schlagbaum war fast alles anders. Am Zoll begrüßte uns ein langer, knorriger Zollbeamter. Ohne jede Regung im Gesicht winkte er uns mit strengem Blick heran, um die Pässe zu kontrollieren. Die weiß-schwarze Farbe des Schlagbaums war fast vollkommen abgeblättert. Hinter dem Grenzposten sah man auf Hügeln einige Baracken, die verwaist schienen, aber, wie sich dann beim Vorbeifahren herausstellte, größtenteils bewohnt waren. Wer hauste in solchen Verschlägen?! Wir waren in Balkaneuropa.

Hier gab es Straßen voller Schlaglöcher, und einige Häuser sahen aus wie bei uns alte Gartenhäuschen.

Louis gab plötzlich den Geschichtslehrer.

„Früher waren Slowenien, Kroatien und Serbien nur ein einziges Land. Es hieß Jugoslawien. Euer Onkel Ali durchfuhr es, als hier noch ein echter Diktator herrschte. Er erzählte mir mal, dass im ganzen Land, an jeder Ecke Bilder von diesem Tito hingen. Wie in Bulgarien, da soll früher auch ein ähnlicher Kult betrieben worden sein: in jedem Dorfzentrum hing das Bild dieses Staatschefs, verflixt, wie hieß der noch …? Schanakov …, Malakov … , oder Bananenkop` – irgend so was, keine Ahnung!"

Wow, Galileo – history on tour!, dachte ich und schaute zu Cem rüber, der aber nur gelangweilt aus dem Autofenster sah.

„Und bei uns, Papa? Da hängen doch noch heute millionenfach Bilder von dem supergegelten Atatürk. Der hat vielleicht keine Brillengläser wie Untertassen, aber ist das echt so ein riesiger Held, dass er noch heute von jeder Wand glotzen muss?"

"Kaan! Dieser, ... gut frisierte, Mann hat immerhin unser Vaterland verteidigt! Die Türkei, wie wir sie kennen, gäbe es ohne ihn nicht mehr. Und ja, wir Türken sind halt ein schrecklich naives, aber immerhin sehr treues und sehr, sehr dankbares Volk!"

Verstanden.

„Aha!", sagte ich daher kurz und keiner schien Galileo - history wirklich weiter führen zu wollen.

Hier in Kroatien schien schlagartig alles chaotischer zu sein, irgendwie dreckig, ein bisschen wie in der Türkei. Mit den Städten, die jetzt auf dem Balkan folgen sollten - Zagreb und Belgrad - konnte ich mich langsam auf die erste Stadt in der Türkei, Edirne, eingrooven.

Auf den ersten Kilometer hing ich meinen Gedanken nach. Eigentlich ist es wohl das, was man über zwei Tage im Auto sowieso am meisten tut. Irgendwann geht eben jedes sütilac-Spiel zu Ende und jede noch so schöne Autopause an der Raststätte. Ich schaute ewig aus dem Fenster, betrachtete die vielen vorbeiziehenden Bäume, arme Dörfer, sah einige Bäche, viele abgeranzte Restaurants, später dann einige wuselige Vorstädte, und ich sah mir besonders die Leute an: im Auto gelangweilt popelnde Fahrer, auf einer

Müllhalde spielende Kinder, an der Tankstelle arbeitende Männer, auf dem Acker schuftende Frauen, und dann sah ich einen scheinbar ewig in die Ferne blickenden Opi mit Häkelmütze in einem schmierigen Café an der Straße sitzen. Worauf wartete er? Nach einer Weile Live-Kino hatte ich wieder dieses komische Gefühl, winzig zu sein, so wie gestern beim Anblick der Berge. Ich war nur einer, nur ein Einziger von all dem Unzähligen hier, was an mir vorbeizog. Ich fühlte mich für einen Moment wie von einer riesigen Welle durch ein endloses Meer gepeitscht, verloren im riesigen Ozean, klein wie 'ne Stecknadel. Die Welt war unbegreiflich groß! Fast gleichzeitig hatte ich das Gefühl, dass diese Riesenwelt auch groß genug war, alle meine Sorgen spielend auszuhalten, es machte ihr doch nichts aus! Sie konnte mich Würmchen doch locker tragen?! Ich atmete tief durch und meine Brust war so frei, fühlte sich leicht an, obwohl die Luft im Auto stickig war.

„Papa komm, lass uns Kaan an einen serbischen Bauern verkaufen, da vorne den Typen auf dem Feld! Ja? Dann habe ich wenigstens ein bisschen mehr Platz, und der breitarschige Tüteken hier macht sich mal nützlich. Hihi."

„Hach, wie witzig! Von dem Typen kannst du noch was lernen – er hat wenigstens richtige Muskeln von echter Arbeit, nicht vom bekloppten Eisenbiegen im Studio!"

„Ach Kaan, der Cem meintä nich so. Wenn du wäg fängtä gleich an su weinä. Altä Angäba!", sagte Ma, wie von den Toten erwacht. Cem tat so, als ob eine schalldichte Wand zwischen Vorder- und Hinterdeck wäre. Mann, die Worte, die Ma gesprochen hatte, seit wir ins Auto gestiegen waren, konnte ich an zwei Händen abzählen. Dass sie diesen Satz jetzt nur für mich abfackelte! Als die gewohnte

Stille wieder eingetreten war, dachte ich wieder an den muskulösen Mann, der gerade so hart auf dem Acker geschuftet hatte. Was, wenn ich hier geboren wäre, und er wäre mein Vater? Oder was wäre, wenn ich einige Kilometer vor dem letzten Schlagbaum geboren wäre, oder in Österreich? Ja, vielleicht als Sohn eines reichen Hotelier-Ehepaares! Pah, das wär's doch, keinerlei Imageproblem mehr und dazu Kohle ohne Ende! Wie kam man eigentlich zu seinen Eltern? Wer hat diese zwei hier eigentlich bestellt? Man kann sich die doch nicht wirklich im Himmel aussuchen, das ist doch nur ein Kleinkindermärchen, oder?

Plötzlich sah ich einen roten Alfa in einer Haltebucht stehen. Ich weiß nicht genau warum, aber mein Herz schlug sofort schneller, wie bei einem Hundert-Meter-Sprint. Mühlhausen? Eigentlich, tja eigentlich unmöglich. Jedenfalls drehte ich meinen Kopf weiter nach rechts um zu sehen, ob er auch wirklich hier war. Dabei beugte ich mich über Cems Schoß, der wortlos die Gelegenheit nutzte, um mich unsanft am Nacken zu massieren. Wahrscheinlich war es doch nur ein ähnlicher Wagen! Ich glaube, ein älteres Modell, außerdem war Mühlhausen nicht zu sehen. Klar, das konnte ja nicht sein … Als ich mich zurück beugte, rieb ich mir meinen schmerzenden Nacken. Da Papa anscheinend nicht einsah, auch mal ein Schlagloch zu umfahren, spürte ich auch meinen Hintern deutlich. Wir wurden ordentlich durchgeschüttelt. Irgendwann machte mich die brutale Hitze wieder so müde, dass ich einschlief. Als ich aufwachte, waren meine Haare nass vor Schweiß. Das T-Shirt klebte am Bauch. Für einen kurzen Moment war ich komplett orientierungslos, dann sickerte es langsam wieder in mein Gehirn ein: Ich, Kaan

Yemer ... das hier um mich ist...ach ja, meine Familie, und ... wir haben Sommerferien, Hitze, heiß. Und, wir sind auf dem Weg in die Türkei. Es dauerte, bis meine Birne auf Touren kam, war ja auch viel Arbeit bei fast vierzig Grad. Es schien nicht einen einzigen interessanten Gedanken zu geben, der von mir gedacht werden wollte. Ich döste weiter, während die Autokolonne, die sich vor einer Baustelle angestaut hatte, langsam vor sich hinwackelte. Da sah ich plötzlich Tante Beleks Gesicht neben mir. Tante Belek! Und wenn du glaubst, es geht nicht mehr, kommt irgendwo ein Lichtlein her! Ich schaute nochmal ungläubig auf den Wagen: ein roter Mercedes, direkt rechts neben mir. Ich öffnete das Fenster noch weiter. Da war auch Nursin auf der Rückbank! Onkel Salih erkannte mich nicht, Nursin und Tante Belek sahen nach vorne. Ich winkte wild.

„Mama, schau mal der Nursin, neben uns!"

Als wir alle rübersahen, blickte Nursin endlich zurück. Erst schien er, von jetzt auf gleich keinen Gesichtsmuskel mehr zu haben, dann sah ich dieses breite Grinsen, das zur Folge hatte, dass seine riesigen Vorderzähne auf die Gesichtsbühne traten. Damit hatte die Langeweile eine kleine Weile Pause, das war sicher.

„Belek teyze!! Belek teyze!", rief ich aufgeregt, weil sie noch immer in einer Art Staustarre auf den Verkehr vor sich schaute. Dann sah sie mich und öffnete das Fenster,

„A-ahhhhhhh! Salih bak kim yanimizda! Ne haber Kaan! Ach, Yasemin!" (Ahhh, Salih schau, wer neben uns ist! Na, Kaan?!).

Endlich wieder Action! Nursin! Nursin, der von Cem und mir wegen seiner giftigen Neugier *der Grüne* genannt wurde, streckte seine Hand aus dem Fenster, unsere Finger berührten sich. In Hückelfürth gab es niemanden, der so war wie Cem und ich. Nursin aber war wie Cem, er ging aufs Gymi, war kein Schläger, liebte Mode mehr als seine Mutter, las mit uns heimlich die BRAVO unter der Bettdecke - kurzum, er war eine ziemlich ähnliche Promenadenmischung wie Cem und ich. Bei der nächsten Gelegenheit machten wir zusammen Rast. Ma sagte sonst immer *kader*, also Schicksal zu solchen Zufällen, heute aber nicht. Nachdem wir uns alle umarmt hatten, tauschten die Großen die bisherigen Reiseerlebnisse aus. Ma sagte:

„Belek, ne diyim ne!? Yugoslav gümrügünde bize nasil bakti herif, ach! Öldürecekti valla! Ondan sonra Ömer seytan gibi araba kullaniyor, kac defa ölümden döndük!" (Ach Belek, was soll ich sagen, wie die uns beim serbischen Zoll angeschaut haben?! Die wollten uns umbringen, ich schwöre es dir! Dann fährt der Ömer ja wie ein Teufel! Einige Male wären wir fast hops gegangen!)

Eigentlich redeten alle sehr bald wild durcheinander, als ob jemand viermal gleichzeitig einen Nonstop-Laber-Knopf gedrückt hätte. Ausreden lassen und auch mal zuhören? - Schnickschnack!

Cem, Nursin und ich liefen an der Raststätte herum. Die ersten Fragen von Nursin kamen wie Kugeln eines Maschinengewehrs aus seinem Mund geschossen:

„Hey Cem, wo hast du die neuen *Converse her* . Hä!? Wie teuer? Von deinem Pipi-Taschengeld gespart, oder hast du die so bekommen? Aber Cem, eigentlich gehen von denen doch nur die Chucks, weißte! Eyyy, Alter! – Auch noch 'ne neue Ed Hardy-Hose. Hoho! Ist bei euch der Wohlstand ausgebrochen? Gibt es die Klamotten jetzt auch in eurem Kaff? Wie viel, hm?"

Cem hörte sich das Bombardement ruhig an, gab sich

nicht mal die Mühe zu antworten, als ob er den am Haken baumelnden Fisch möglichst lange zappeln lassen wollte. Er legte sich schon für die nächste Gelegenheit die eine oder andere spitze Bemerkung zurecht, wie immer. Nach einer Minipause folgte:

„Kennst du die neue Single von Lady Gaga!? HM?“

Cem nickte nur ruhig und sah Nursin mit halb geöffneten Augen an. Es wirkte eigentlich ziemlich arrogant, dachte ich.

„Supergeil, oder?“

Und immer so weiter … Ich sah Cem an und grinste, doch er erwiderte es nicht. Er hatte zwischenzeitlich einen Zweig von einem Baum abgebrochen und kaute darauf herum so lässig er konnte. Nursin schien es nicht zu stören, dass wir bisher höchstens zehn Worte gesagt hatten, im Gegenteil. Er riss seine großen dunkelgrünen Augen immer weiter auf. Mann, musste der das Leben spannend finden! Alles schien so faszinierend für ihn zu sein, einfach jede Kleinigkeit. Tante Belek musste seine Geburt in der Nähe eines Atomkraftwerks durchgezogen haben, anders war dieser Strahle-Mustafa nicht zu erklären. Und wie durch ein Wunder war der Schuhliebhaber wieder am Anfang seines Monologs angelangt:

„… Der Ceeeeem! Converse, ok! Ich habe mir gerade Vans in so `ner supergeilen Sonderedition, mit Zebra-Streifen, geholt! Sind leider zu Hause. Das ist der letzte Heuler, mein Lieber. Die verstecke ich in einem dichten Gestrüpp, hinter unserem Haus. In zwei Monaten konnte ich sie nur zweimal anziehen, kannst du dir das vorstellen! So geile Treter, und ich kann die fast nie anziehen! Warum? Weil ich Schiss habe, dass der Alte mich wieder erwischt! Kennst ihn ja! Diese scheiß Ohrfeige wegen diesem schwarzroten Nietengürtel spüre ich noch immer!"

Er fasste sich an die linke Wange und rieb sie mit einem Ausdruck, als ob er in eine unreife Grapefruit gebissen hätte. Die Story mit dem Nietengürtel wurde erneut aufgewärmt:

„... *Ulan ipne mi olacaksin?* (Willst du eine Schwuchtel werden?) „Mann, hat der Alte gebrüllt, sag ich Euch! Das Dröhnen in den Ohren war fast schlimmer als der Schlag! Bei dem Schmerz in den Ohren bekam ich gleich `ne neue Panikwelle - wegen meinem neuen Ohrstecker! Ich habe das Ding in der Schule erstmal einige Wochen gar nicht dran gemacht."

„Es war aber auch richtig dumm, nachmittags mit dem Nietengürtel um die Hüften einzupennen!", sagte Cem ganz ruhig. „So doof kann man doch nicht sein!", feixte er.

„Aber Cem, die Ohrfeige vorgestern wegen der Strähne war auch nicht gerade von Pappe", sagte ich eilig. Falscher Satz. Nursin grinste über das ganze Gesicht! Cems kurzer, durchdringender Blick verriet mir, dass er für die Frechheit einen Sonderschlag für mich erfinden würde. Eine Kampfkunsterfindung, die man patentieren könnte, würde er an mir als Allererstem testen. Ich sagte lieber nichts mehr. Plötzlich zog Onkel Salih alle Blicke auf sich, der neben der Sitzbank einige Liegestütze, oder was er dafür hielt, machte. Dabei verbog er seinen Körper so unnatürlich, dass man einen Bandscheibenvorfall befürchten musste. Ma und Tante Belek kicherten. Cem nutzte die Unaufmerksamkeit von Nursin und gab mir eine ordentliche Kopfnuss. Es tat zwar ziemlich weh, aber ich war froh, dass das schon alles war. Nursin nahm den Faden wieder auf und quakte weiter. Kurz vor der Abfahrt entschieden unsere Eltern spontan, dass wir uns in einigen Wochen in

Kusadasi wiedertreffen und dort einige Tage gemeinsam verbringen würden. Cool.

Wir versuchten nach dem Aufbruch erst gar nicht Kolonne zu fahren wie im letzten Jahr. Da waren wir nur haarscharf an einem Unfall vorbei geschliddert. Nursin hatte die Öde zwar kurz unterbrochen, aber nach einigen Kilometern war wieder alles beim Alten im Auto. Wie gefängnisartig und quälend diese Fahrten sein konnten, hatte ich vor der Abfahrt wirklich total verdrängt. Es war eben nicht nur Abenteuer, sondern streckenweise ultralangweilig! Ich weiß nicht, wie viel Zeit inzwischen vergangen war - eine Stunde, oder schon zwei? Ich sah nicht auf die Uhr. Jedenfalls machten wir in der Nähe von Zagreb endlich Rast. Es war in einer Haltebucht von irgendeiner nichtssagenden Landstraße. Als wir anhielten, sah ich am Ende der Bucht einen roten Sportwagen. Mühlhausen?!, dachte ich und spürte gleichzeitig eine kleine Hitzewelle durch meinen Körper schwappen. Noch so eine peinliche Krampfbegegnung? Nein, es war doch 'ne andere Automarke mit einem schwarzen Nummernschild. Als ich die Tür öffnete, schlug mir frische Luft entgegen, die mir im ersten Moment kühl vorkam, weil in unserem Peugeot die Bullenhitze brütete. Eine Klimaanlage wäre echt das Mindeste, sollte man meinen, aber das hätte man bei einer Tour durch halb Europa ja auch bezüglich eines Navis sagen müssen! Louis sah das ganz anders. Wahrscheinlich war die Reise für ihn erst spannend mit zusätzlichen Quälhürden, keine Ahnung. Nicht weit von uns entfernt standen acht bis neun Kinder auf einer Wiese. Sie schauten uns unverblümt an, schienen über uns zu reden, wirkten neugierig und auch misstrauisch. Alle hatten lumpige Klamotten an, und keins schien sich in den letzten Wochen das Gesicht gewaschen zu haben. Ein Junge schaute uns mit einem dreisten, eiskalten Blick an, als könnte ihn nichts erschrecken. Spätestens als ich das sah, bekam ich richtig Angst. Nicht das die uns gleich ausrauben!, dachte ich. Papa stellte plötzlich seinen Kaffee auf dem Autodach ab, kramte im Kofferraum rum, klemmte sich einen Fußball unter den Arm und lief den kleinen Wiesenhügel neben der Straße hinab. Ma, Cem und ich waren starr vor Schreck! Keiner sagte etwas. Einige der Jungs sahen wirklich aus, als ob sie schon den einen oder anderen Touristen im Gebüsch erdolcht hätten. Ich hatte das Gefühl, uns drei atmen zu hören. Was wollte Louis denen anbieten? Den Ball? Oder wollte er sogar ein Spielchen? Extrem-Rugby, oder was? Als Papa endlich vor den kleinen Löwen stand, beobachteten wir aus der Ferne die Gesichter von Louis und den Jungs. Pa *sprach* mit einem cirka fünfzehn Jahre alten Jungen aus der Gruppe, so mit Händen und Füßen. Es war der Typ mit diesem Mafiablick! Er war der größte. Das hochgezogene Kinn und die geschwollene Brust verrieten, dass er der Wortführer zu sein schien. Bei Papa hatte ich nur selten so einen weichen Ausdruck um Mund und Augen gesehen. Mann, der konnte wirklich richtigen Louis-de-Funès-Charme aufbringen! Nach der kurzen Unterhaltung lächelten beide, dieser Anführer und Pa. Und auch alle anderen Gesichter waren freundlicher. Vater winkte uns heran. Hm, musste man jetzt noch Angst haben? Cem und ich liefen jedenfalls gleichzeitig los und ließen, ohne weiter nachzudenken, Ma alleine am Auto zurück. Sie setzte noch zu einem *ama....* (aber) an, brach dann aber den angefangenen Satz ab.

Die Mannschaften wurden schnell eingeteilt. Papa, Cem und ich in einer Truppe! Ich sah zu Mama, die sich von Weitem mit uns zu freuen schien. Sie nickte mir mit einem Lächeln zu. Es ging los, Papa steckte zwei Finger in den Mund, blies: Anpfiff!

Wir sprachen uns nur mit Hilfe der Hände mit den Zigeunerjungs ab. Jedem war klar, wo er zu spielen hatte. Vater war Torhüter. Cem spielte im Mittelfeld und ich war rechts außen, wie im Verein. Ich haute mich sofort voll in das Spiel. Ich war Vereinsmitglied vom großen Rasensportverein Hückelfürth e.V. und hatte eine Clubehre zu verteidigen. Die ersten Minuten kickten alle vorsichtig, lauernd, wie vorsichtige Tiere, die sich noch beschnuppern. Der Ball lief hin und her, keine Mannschaft kam vors Tor der anderen, schon gar nicht zu einem Torschuss. Dann dribbelte Cem vom Mittelfeld, immer weiter, spielte den einen aus, dann den anderen, stand dann an der Sechzehnerlinie und ... zog von fünfzehn Metern ab: Wums war die Pille direkt im rechten Winkel eingeschlagen! Ich war stolz auf ihn wie Wladimir auf Vitali Klitschko, wenn der einem Gegner gerade mal wieder die Omme weichklopfte, lief auf ihn zu und umarmte ihn mit voller Kraft. Jetzt war ich noch motivierter, rannte über die trockenen unebenen Felder, spürte mein Herz bis an den Hals schlagen, keuchte vor Luftmangel. Dabei lief ich den Ballführenden meist hinterher, kam nicht an die Pille. Trotzdem, es gab für mich keine Schnellstraße, keine Türkei, keine Zollgrenzen und keine Abenteuerreise mehr. Es gab hier nur meine Mitspieler Harun, Pa, Cem, Dimitri und noch zwei, deren Namen total unaussprechlich waren. Es gab nur dieses trockene Fußballfeld. Das war meine Welt. Der große Mafiablickmann war nicht in unserer Mannschaft, und jetzt rannte er auf meiner Seite, der linken, direkt an der Außenlinie entlang und zwar direkt auf mich zu! Ich,

ich musste ihn stellen … Er schlug aber nur einen eleganten Haken und war spielend an mir vorbei. Ich drehte mich um und lief weiter hinter dem jugoslawischen Messi her. Der Ball klebte an seinem Fuß! Aber er hatte mich nicht mehr auf der Rechnung, da er seelenruhig einen Mitspieler im Strafraum suchte. Ich flitzte leise seitlich heran und stieß den Ball mit der Pike weg von ihm, rannte dem Ball nach und schlug ihn eilig zurück zu unserem Schlussmann, zu Papa, der mich mit stolz geschwellter Brust ansah, als er den Ball in die Hände nahm. Ha! Dann kam Dino, der Mafiajünger, auf mich zu: Auweia! Warum rannte er auf mich zu? Hatte ich etwas Unfaires getan? Jeder seiner Schritte ließ mich weiter in die Erde sinken. Ich wollte mich in Luft auflösen, sah hilfesuchend zu Cem und zu Pa. Wenige Zentimeter vor meinem Gesicht beugte er sich herab, lächelte plötzlich so breit, dass ich die Umrisse seines abgebrochenen Schneidezahns studieren konnte. Dann tätschelte er meinen Kopf. Puh, ein dicker Stein fiel mir vom Herzen. Eigentlich hasste ich es, wenn jemand meine Birne anfasste, aber dieses Tätscheln brachte meine Brust fast zum Platzen. Es blieb das einzige Mal, dass ich Dino stoppen konnte, danach zog er noch einige Male ab und überwand Pa spielend. Papa kassierte erst einen, dann den nächsten Treffer! Nach jeder Einlochung wendete er sich theatralisch ab und murmelte verärgert etwas in seinen Bart. Beim dritten Tor lief ich aufgebracht zu ihm und schrie:

„Mensch, du musst auch mal richtig hechten! Der Ball ist direkt neben dir reingeflogen! Sogar Mama hätte den gehabt!"

Das war vielleicht 'ne Spur zu laut von mir, aber es machte Spaß. Am Ende wurden wir schwindelig gespielt.

Sie machten uns platt, vor allem Dino. Im Spiel waren die Jungs plötzlich gar nicht mehr so hart, wie sie anfangs wirkten. Jungs in echten Lumpen, kannte ich nur aus dem Fernsehen, hatte immer gedacht, dass solche Kinder alles jede Sekunde hassen mussten, aber das war hier gar nicht so. Obwohl ich ein (halbes) kleines Kinderzimmer hatte, Schuhe mit Einlagen, jeden Tag 'ne neue Unterhose und Strümpfe ohne Löcher, konnte ich keinen wirklichen Unterschied zwischen Cem und mir und den Löwenjungs hier erkennen. Ich hatte auch nicht das Gefühl, je fröhlicher gewesen zu sein, als es Dino heute war.

Wir verloren das Spiel fünf zu zwei und waren schweißgebadet, im Gegensatz zu den Löwenjungs.

Papa holte Schokolade und Zigaretten aus dem Auto, die eigentlich für unsere Verwandten gedacht waren: der radikalste Nichtraucher, den ich kannte, Ömer Yemer, verteilte vor unseren Augen Glimmstängel an den jugendlichen Löwenleader Dino! Cem und ich saßen mit offenen Mündern auf der Wiese. Ma schaute sich das Spektakel vom Auto aus an. Als die Schokolade und die Zigaretten verteilt wurden, gab es ein wildes Gezerre, begleitet von Freudenlauten: die Löwen teilten die Beute eben auf ihre Art. Papa war total happy. Ich konnte mich nicht erinnern, wann er zuletzt so gelächelt hatte. Ein bunter Regenbogen-Seelenblitz von Louis schien mich zu durchdringen. Ich sah nur lila, lila, lila durch die Luft segeln. So konnte ich leicht verkraften, dass meine geliebte Milka großzügig verteilt wurde. Nach dem Fußballspiel spürte ich zum ersten Mal, dass meine zweite Heimat nicht mehr weit weg war.

Der Abenteueralltag hatte uns etwas später wieder. Nach Überwindung eines weiteren Staus saßen wir in einem noch immer brütend warmen Auto. Es nützte nichts, das Fenster zu öffnen, da genauso heiße Luft herein wehte. Pa war blass und wirkte erschöpft. Bei der riesigen Autokolonne vor uns riss er erneut auf die Gegenfahrbahn aus. Und wie ein Stuntman — begleitet von mindestens einhundert Stoßgebeten von Cem, Mama und mir – scherte er wieder erst in letzter Sekunde in die Kolonne ein, geschafft! Als ob das nicht Warnung genug war, beschleunigte er wieder auf über hundert Sachen, um zu überholen, aber diesmal sah ich aus der Kurve gegenüber einen riesigen, roten LKW entgegenkommen ... Luft anhalten, anhalten! Der LKW hupte und betätigte die Fernlichter, immer und immer wieder! Mama bekam riesige Augen, Cem hielt sich an der Kopfstütze fest und ich spürte, wie sehr ich meinen Hosenboden anspannte und mich ebenso in der Kopfstütze hinter Louis Birne festkrallte!

„Dikkaaaaaat!", schrie Mama.

Noch wenige Meter ... der LKW war bereits nur noch halb auf seiner Spur, aber das reichte noch nicht um durchzuschlüpfen ... Ich sah rüber zum dunkelgrünen Mercedes, direkt rechts, neben uns. Er bremste schon und zog plötzlich etwas weiter nach rechts und ... Seeemmmmmmmmm, krachte der LKW mit einem Luftzug, der unseren Peugeot heftig zum Wackeln brachte, an uns vorbei! Nur weil der Mercedes mitgedacht hatte, waren wir dem Schicksal entgangen, Teil einer beliebigen Unfallstatistik zu werden.

Pffftt.

„Ömer biraz yavas lüfen! Off beee!", sagte Ma mit vor Wut zitternder Stimme. (Ömer, etwas langsamer bitte, Mann..!)

Was war nur mit Louis los?! Wollte er uns hier umbringen!? Er hatte seine Heimat dreihundertvierundsechzig Tage nicht gesehen und hatte es jetzt eilig, wie im Rausch … Nach einer kurzen Besinnungspause, führte er dieses kick-fördernde Spiel fort, wenn auch deutlich gemäßigter und beeindruckt vom Fast-Zusammenstoß vorhin. Nach einer Stunde löste sich auch die lange Kolonne vor uns auf, und die Straßen waren wieder ganz frei. Nur eine Horde Schutzengel mit Gütesiegel war fähig, uns vor diesem Rallyefahrer zu beschützen.

Nach einer weiteren, kurzen Pause an einer Raststätte waren es nur noch zweiundachtzig Kilometer bis Bulgarien. Mutter pustete sich die Ponyfransen aus der Stirn, so dass der schöne, pechschwarze Vic-Beckham-Bop, so `ne Art Pottschnitt, für eine Sekunde nicht mehr so maskenhaft wirkte. Ich konnte sehen, dass ihr der Schweiß den Nacken herunter lief. Auch heute war Mama einsilbig. Sie und Pa sprachen fast nicht miteinander. Nicht über die schöne Landschaft, nicht über die schönen Urlaubsziele, nicht über die Arbeit, und sie drehten sich nur ganz selten die Gesichter zu. Eigentlich wie zu Hause, aber hier im Auto wirkte alles so stickig, es beklemmte mich irgendwie noch mehr. Die Stimmung der beiden klebte in den Sitzen, dem Lenkrad, an den Scheiben und schien Tröpfchen für Tröpfchen durch meine Poren in mich hineinzusickern. Ob Cem das auch spürte? Ich sah in den Spiegel und konnte in Papas mittelbraune Augen sehen. Wohlgeformte, aber ziemlich kleine Knopfaugen. Gerade diese Augen erinnerten Cem und mich an Louis de Funès. Er hatte für einen Türken eine ungewöhnliche schmale Stupsnase und sonderbar neckisch wirkende schmale, feine Lippen. Wenn er verärgert oder sehr konzentriert war wie jetzt beim Autofahren, waren die Lippen eine Spur zu schmal. Sein rot-weiß kariertes Hemd, das er beim Spiel vorhin ausgezogen hatte, war noch einwandfrei gebügelt. Gepflegt sah er immer noch aus, trotz der Raserei und der Hitze, eben Papa. Auf seinem Schädel leuchteten nur wenige schwarze Haare. Die noch am Hinterkopf und an den Seiten befindlichen, dichten und welligen Haare verrieten jedoch, warum er so viel von seiner Haarpracht als junger Mann schwärmte. Das, was noch übrig war, wirkte wie weiches Schafsfell, am liebsten hätte ich jetzt hineingegriffen. Dann sah ich, wie er mit beiden Händen an den oberen Teil des Lenkrads fasste und seine Schultern lockerte. Ja Paps, entspann dich, entspann dich bloß, dachte ich.

Nicht mehr weit, und die vorletzten Zollbeamten, die vorletzten Schlagbäume standen vor uns. In Bulgarien.

6. Bulgarische Bananen

In der Nacht passierten wir die Grenze nach Bulgarien. Die Zollbeamten, die uns hier erwarteten, standen den kroatischen und serbischen in nichts nach. Und wenn man die Armut eines Landes an den Schlaglöchern messen würde, hätte Bulgarien mindestens so weit vorne gelegen wie Kroatien oder Serbien. Ich erinnerte mich plötzlich wieder an die ungewöhnliche Fahrt zu zweit, vorletztes Jahr mit Papa. Ich sah das zweite graue Zollhäuschen rechts und erinnerte mich, dass es genau hier gewesen war. Damals hatte ein Zollbeamter genau an dieser Stelle einfach unseren Kofferraum aufgemacht und lustlos darin rumgewühlt. Dann schnappte er sich seelenruhig eine Banane und schälte sie vor unseren Augen. Der dicke, kleine Mann mit der fetten Pistole am Gürtel biss vor meinen nie mehr wieder klimpern wollenden Augen in die Banane.

„Warum isst der Mann unsere Banane, Papa?!", fragte ich erschreckt. Vater entgegnete zischend:

„Sus ulan velet!" (Halt deinen Mund, Rotzlöffel!)

Ich zuckte zusammen.

„Terbiye veremedin mi ogluna? He, piz türk! Sizin hepiniz pizsiniz! Gel bakim benimle." (Konntest du deinem Sohn kein Benehmen beibringen? Dreckiger Türke, ihr seid alle dreckige Türken!), schrie der Zollbeamte. Dieser fiese Kerl konnte deutsch und türkisch! Wow! Diesmal ging das Zucken von den Haarspitzen bis in die Zehen. Dann nahm er Papa wortlos beim Arm und zog ihn in ein kleines Häuschen. Ich schrie:

„Baba, nereye götürüyor seni, baba?!" (Papa, Papa wo bringt der Mann dich hin?!)

Vater drehte sich um und drückte den Zeigefinger auf seine Lippen, sein Blick war plötzlich ganz ruhig, seine Wut schien wie weggeblasen. Was wollte der Dicke mit ihm im Häuschen veranstalten? Ich setzte mich auf den Boden und weinte, bis Vater nach einer gefühlten Ewigkeit wieder mit dem Mann heraus kam. Papa schaute mich mit einem Lächeln an, schien gar nicht mehr böse auf mich zu sein. Ich lief zu ihm und umarmte ihn, wagte aber nicht, weiter zu fragen. Ich hatte das Gefühl, dass mein Hals mit Stahldrähten umspannt war.

Diesmal herrschte an der Grenze Totenstille, und keiner von uns sagte einen Mucks, als gleich zwei Zollbeamte unsere Pässe anscheinend Buchstabe für Buchstabe durchforsteten. Sie blätterten alle Pässe durch, vorwärts und rückwärts. Jede Seite schauten sie sich mit grimmiger Miene an. Was würden Sie finden? Würden sie wieder unseren Vorrat plündern? Der dünne Lange klappte einen Pass zu und sagte irgendetwas auf Bulgarisch, was der Mittelgroße mit den riesigen Segelohren lustig zu finden schien. Was war denn hier lustig, doch höchstens dieser Dumbo hier vor uns?, dachte ich ohnmächtig. Aber nicht einmal zehn Sumo-Ringer hätten mich dazu gebracht, je wieder an einer bulgarischen Grenze drauflos zu reden. Jedenfalls hellte sich das Gesicht des Segelfliegers von null auf zehn auf, und er lachte plötzlich dunkelstimmig. Immerhin, er konnte lachen, auch wenn ich nicht wusste, ob wir nicht gerade ausgelacht wurden. Ach, sollten sie doch über uns lachen! Kurz darauf gaben sie uns wieder die Pässe zurück und winkten uns weiter. „Plumps", vier

Felsblöckchen purzelten uns von den Herzen. Wir hätten schon eine Tapferkeitsmedaille verdient, dass wir ohne Schrammen bis hierhin gekommen waren, fand ich.

„Wir fahrän durch!", sagte Papa entschlossen, obwohl es mittlerweile mitten in der Nacht war. Trotz Müdigkeit war die Stimmung nach diesem Grenzübertritt erst einmal wieder recht entspannt, fast fröhlich: nur noch cirka vierhundert Kilometer trennten uns von der türkischen Grenze. Ich konnte den türkischen Boden, meinen Boden schon förmlich riechen. Cem und ich unterhielten uns über unsere Cousins, und wir fragten uns, was wir alles so unternehmen würden, wenn wir da wären. Danach schliefen schwarz und blond friedlich auf dem Rücksitz ein. Zwischendurch machte Papa doch noch einen Mini-Stopp, um danach mit frischer Energie noch schneller durch etliche Dörfer zu heizen. Er durchfuhr ein ganzes Land in wenigen Stunden. Cem und ich erlebten Bulgarien quasi im Traum, oder aus dem Autofenster blickend. Kein Restaurant, das uns lockte, kein Cafe weit und breit, nichts auf unserem Weg.

Kurz vor Sonnenaufgang hielt unser Louis dann sogar noch ein zweites Mal außer Plan auf einem Rastplatz, um seine eigenartigen Gymnastikübungen zu machen. Ma vertrat sich diesmal nach einem Toilettengang auch noch die Beine, was sie während der Fahrt ungewöhnlich selten tat. Louis stöhnte und ächzte. Er wirkte sehr sportlich, wendig und geschickt, wenn da nur nicht dieser hart aufgepumpte Ball unter seiner Brust gewesen wäre, dem auch die Sit-ups nichts anhaben konnten.

„ ... und hop, hop, hop, eins zwei, eins zwei ...", feuerten Cem und ich ihn im Chor an. Papa brummte nur.

„Komm noch fünf, nur noch fünf. Und jetzt, noch mal fünf...! Och ne! Nicht schlapp machen, sonst kriegst du die Wampe nie weg, los Papa nochmal!", sagte Cem hämisch grinsend. Dabei hatte Papa schon einige Sit-ups hinter sich, viel mehr als man von ihm erwartet hätte. Louis hätte in einem amerikanischen Bootcamp mithalten können. Mir war kalt, und ich ging zurück ins Auto. Vater stürzte einen heißen Kaffee wie Wasser hinunter. Ich hatte das Gefühl, dass er um jeden Preis wach bleiben wollte, weiter fahren, wenig rasten. Weiter, weiter, immer weiter... Es war, als ob er sich in einem Wettrennen befand, im Wettlauf mit der Zeit. Als ob ihn an der türkischen Grenze eine fette Medaille, überreicht vom Ministerpräsidenten persönlich, erwarten würde: Ömer Yemer, der schnellste Heimat-Rallye-Fahrer des Jahres 2010. Herzlichen Glückwunsch, bitte machen Sie Ihre ganze Brust frei für diese Riesenmedaille, danke!

Ich konnte seinen versteckten Ehrgeiz erahnen. Bei seiner Arbeit in der Fabrik konnte er den vielleicht nicht ausleben, dachte ich. Abgesehen von seinen Turnübungen verfolgte er nichts mit Ehrgeiz, vielleicht nur noch diese Rallyetour.

Mittlerweile war die Luft im Auto wie elektrisiert, keiner sprach mehr ein Wort. Noch wenige Kilometer, alles schien zum Greifen nahe, vorausgesetzt es ging am Zoll gut und Vater crashte keinen LKW. Ma wirkte irgendwie teilnahmslos, wie gelähmt. Ich schlief kurz, aber noch einmal tief ein.

Hodscha Ermis konnte ich nicht sehen, aber ich hatte das Gefühl, dass er ganz in der Nähe war, während ich mich über das Geländer einer flachen, alten Holzbrücke lehnte. Ich schaute auf den ruhigen Fluss, der leise unter mir strömte. Von meinem Kopf hingen lange, blonde Haare bis ins Wasser. An der Stelle, an welcher sie das Wasser berührten, wurden sie plötzlich zu leuchtend-goldenen Fäden, die so hell schienen, dass ich bis auf den Grund des Flusses schauen konnte: ich sah Fische in Regenbogen-Farben, unfassbar exotisch, Steine und lila Wasserpflanzen zogen mich tief in ihren Bann...

7. Türkiye

Als ich wach wurde, standen wir an der Grenze zur Türkei. Nur noch zwei Schlagbäume. Vielleicht catchen sie uns auch noch auf der bulgarischen Seite!, dachte ich aufgeregt. Jedenfalls rutschte mir das Herz in die Hose, als sie vor uns einen richtig dicken BMW an die Seite winkten. Wer weiß, was dem blühte. Wir zogen an ihm vorbei. Ich konnte den jungen Fahrer aus der Nähe sehen, er sah nachdenklich zu Boden. Dann ließ Cem sich zu einem `Ole ole oleeeee` hinreißen. Ich war eher in ruhiger Vorfreude, wollte, dass Cem seinen beflaumten Schnabel hielt, und schaute still grinsend aus dem Fenster. Mir wurde klar, dass ich nach diesen Wurzeln manchmal fast schmerzhafte Sehnsucht empfand. Ich hatte diese Luft und die Originaltürken vermisst. Nach der Grenzlinie befand ich mich in einer anderen Dimension. Von einem Meter auf den anderen in mein anderes Universum gebeamt, nach Tausenden von Kilometern. Ich steigerte mich in diesen Gedanken herein und war wie beschwipst davon. Die Autos warteten in etwa fünf oder sechs Kolonnen und in unserer ging es genauso langsam voran, wie in allen anderen, aber Pa schimpfte ungeduldig:

„Hangi siraya girersem girim, hep sümüklü böcek gibi en yavasi cikiyor be! Bir insan bu kadar ugursuz olabilir mi be?! He Yasemin, söye!" (Welche Reihe ich auch nehme, es ist die elende Schneckenreihe! Verdammt, wie kann ein einzelner Mensch so viel Pech haben!? He, Yasemin, sag mir das mal?)

Mutter sah ihn diesmal an, ruhig, und ich konnte sogar

einen Anflug von sanftem Lächeln erkennen. Was so eine Grenze alles auslösen konnte?! Schön. Sie war also doch da, sie war bei uns. Der Tag brach an, es war kalt. Nach etwa zwei Stunden standen wir endlich vor den bulgarischen Beamten, wobei ich zum ersten Mal eine weibliche Zollbeamtin bemerkte. Sie hatte die hellblonden Haare unter dem Hut zu einem Zopf zusammengebunden und war hübsch, mit großen, hellblauen Augen, der feinen Nase und den Schmolllippen. In der dunkelblauen Uniform wirkte ihre grazile Figur anscheinend noch interessanter auf Cem, denn er starrte plötzlich sehr interessiert aus dem Fenster. Es schien ihn nicht zu stören, dass sie mit Vollgas in einen Farbeimer gefallen sein musste. Tat sie es für die Türken, oder für den Kollegen? Hm. Den grellrosafarbenen Lippenstift musste sie so fest über die von Natur aus schon dicken Lippen gezogen haben, dass sie fast ihre Nase mitbemalt hätte, was aber auch daran lag, dass der Abstand zwischen Nasenlöchern und Oberlippe ungewöhnlich klein war. Die Frau brauchte zwar einen neuen Modeberater, war aber trotzdem echt hübsch, bestimmt ein gutes Vorzeichen für unseren Sommerurlaub. Sie prüfte unsere Papiere ernst, aber nicht griesgrämig. Wir hofften, dass wir nicht den Kofferraum und unser Gepäck öffnen mussten, dies hätte Stunden Zeitverlust und fiesen Ärger bedeuten können. Sie sah in unseren Wagen, verglich die Fotos in den Pässen noch einmal mit den im Auto befindlichen Personen. Als sie Cem ansah, versuchte er ein leichtes Lächeln, was aber zu erwachsen und irgendwie ziemlich verkrampft wirkte. Sie hingegen verzog keine Miene! Ich vergrub meinen Kopf in den Oberschenkeln, um nicht laut aufzulachen. Es sind aber ein paar Tröpfchen in meiner Hose gelandet. Cem, unser Schwerenöter war eben noch in der Ausbildung. Erst mal Abi machen, wa?! Hihi. Dann winkte sie uns durch, endlich!

„Oh be!" (Gott sei dank!), entfuhr es Papa.

Cem verpasste mir noch nachträglich einen kleinen Wischer für mein Lachen, grinste dann aber selbst.

An der türkischen Grenze hieß es nun zwar mindestens genauso lange warten, aber das Warten war hier deutlich angenehmer. Die Leute drehten die Radios auf, viele entstiegen ihren Blechschleudern, man unterhielt sich ohne zu flüstern. Das hätte sich einige Meter zuvor niemand getraut. Papa machte das Fenster und seine Fahrertür auf. Er wollte den Wagen mit seiner grenzenlosen Muskelkraft weiter schieben. Cem pennte schon wieder! Unglaublich, dachte ich. Für ihn dürfte diese Reise gar keine Strapaze sein. Er atmete laut ein und aus - noch keine rein türkische Luft. Ich beschloss auszusteigen, herumzuschlendern und versprach, immer in Sichtweite zu bleiben. Vor den Zollhäuschen standen vier lange Dominoreihen von großen und kleinen Autos, darunter auch einige Flaggschiffe von BMWs, tiefer gelegt, getönte Scheiben, wie es sie in meiner Welt nicht gab. Einige Menschen wirkten ganz fremd auf mich, sie waren eigenartig gekleidet und sprachen mit einem total fremdartigen türkischen Akzent! Es waren überraschend viele, die so dörflerisch auf mich wirkten. Einige Frauen mit betttuchartigen Kleidern und Shalwars hätten eher in Lehmhütten mitten in ostanatolischen Dörfern leben können als in Hamburg, Duisburg oder München!, dachte ich noch immer erstaunt. Welche *spezielle* Heimat hatten diese auf mich so fremd wirkenden Menschen in der großen Heimat Türkei?, fragte ich mich. Was verbindet mich mit ihnen auch nur einen Millimeter mehr als mit unseren deutschen Nachbarn? Solche Frauen gab es in Hückelfürth nicht, zumindest kannte ich keine. Ich sog die Atmosphäre auf, alles zog wie in Zeitlupe an mir vorbei. Hier und da roch es nach Knoblauch aus einigen Autos. Diese Mischung meiner Türken erlebte ich zum ersten Mal auf diese Art! Es war sehr laut, und das nicht nur, weil sich zwei Familien um einen vorderen Platz in der Schlange richtig in die pechschwarzen Haare gerieten. Zwei Männer breiteten ihre Gebetsteppiche neben der Fahrbahn aus, direkt auf der Wiese. Warum beteten sie so? Hier?! In der Öffentlichkeit? Dann sah ich einige Meter weiter auch noch eine Frau mit Kopftuch im Beifahrersitz eines VW-Bus sitzen: sie verneigte ihren Kopf Richtung Windschutzscheibe, hob die Hände und legte dann wieder die Handflächen auf ihren Bauch, immer abwechselnd. Was war denn das für 'ne Art von Gebet?! Verrat an Gott! Man kann doch sowas nicht am Straßenrand ausbreiten. Exhibitionisten-Fatma!, dachte ich aufgewühlt. Das musste ich Hodscha Ermis verklickern! Na ja ..., vielleicht mischte sich auch etwas versteckte Bewunderung in meine Empörung, weil die Frau weniger tresorverpackt mit ihrem Glauben umging, als ich das konnte. Ich glaubte ja an Gott. Ich erzählte Ma ab und an von Hodscha Ermis, aber sonst? Keiner meiner Freunde wusste, dass ich jeden Tag betete. Wofür und zu was stand ich eigentlich? Eigentlich weder zu Gott, zu meiner Familie, noch zu „meinen Türken"... Ob Cem sich auch manchmal so vorkam, wie ein einzelnes Staubkörnchen im Universum?, fragte ich mich. Ich sah rüber zu Vater, den ich aus der Ferne gerade noch erkennen konnte. Ma saß im Auto und blickte nach rechts und links, als ob sie etwas suchen würde. Cem und Papa schoben unseren Wagen einen Meter weiter, und als ich sie so von Ferne sah, überkam mich eine Schwere. Ich fühlte mich wie ein Huhn sich fühlen musste, das ohne Kopf herum flattert. Ein Gefühl von Haltlosigkeit überkam mich. Hier hatte ich nur mit super Gefühlen gerechnet, und jetzt? Ich setzte mich auf einen Bordstein. Die Frage, wohin ich gehörte, tat sich in diesem bunten Mix hier von einer überraschenden Seite auf. Dann ging ich innerlich ganz hektisch die Säulen in meinem Leben durch. Gott und Hodscha Ermis, ok. Manchmal, wenn ich von Hodscha Ermis träumte, hatte ich das Gefühl, unverletzlich zu sein. So wie der Siegfried, der im Drachenwasser gebadet haben soll. Der Gedanke konnte mich schon wieder etwas trösten, und ich ging zurück zum Auto.

„Kaan, neredeydin oglum!?" (Wo warst du, mein Sohn?), fragte Papa, als er mich sah. Mama war nicht da.

Ich schien länger weg gewesen zu sein.

„Och, ich habe mir mal die Molukken hier so angeschaut Papa!", hörte ich mich in einem vermeintlich lockeren Tonfall antworten, der so gar nicht zu meinen Empfindungen passte.

Mittlerweile war einige Zeit vergangen, und wir kamen etwas voran, bis kurz vor den türkischen Zollbeamten. Ich hatte Durst und musste diese eklige Eifelmilch trinken! Manchmal hasste ich Ernährungs-Guru Cem für seine neuen Ideen. Er konnte diesen saudoofen Ökotrip bei uns so leicht einführen, als ob es nichts wäre, mit Gewohnheiten zu brechen! Wie gerne hätte ich mir jetzt Milka und Cola reingeschaufelt. Aber Papa ließ sich einfach nicht erweichen. Ich suchte wieder schnell das Weite, vielleicht würde ich Mama irgendwo sehen, dachte ich. Außerdem wirkte Cem irgendwie genervt. Ich ging noch einmal zurück, an der Autoreihe entlang, um mich noch etwas zu bewegen, bevor wir wieder Stunden im Auto sitzen mussten. Es dauerte einige Minuten, bis ich fast am Ende der Kolonne angelangt war. Da fiel mir der schöne Frontteil eines roten Alfa Romeo ins Auge. Die tolle Kiste wollte ich mir näher ansehen, dazu musste ich die Reihe durchqueren. Ich erkannte durch die Frontscheibe, dass sich in dem Auto zwei Menschen angeregt unterhielten. Der Wagen war dasselbe Modell wie der von Herrn Mühlhausen. Komisch … Auf einmal traf mich der Blitz! Die Frau auf dem Beifahrersitz – das war meine Mutter! Sie unterhielt sich mit … Das konnte nicht sein ... Es war JAN Mühlhausen! Mühlhausen im Auto mit meiner Mutter! Ich zuckte zusammen und zog schnell meinen Kopf ein, bevor sie mich entdecken konnten. Neben einem roten Transporter ging ich in die Hocke und atmete erst einmal tief durch. Was, verdammt noch mal, war hier eigentlich los? Im Entengang schlich ich mich an einen schwarzen BMW heran, der direkt neben dem Alfa Romeo stand. Von hier konnte ich das Gespräch gut belauschen. Den Fahrer des BMW schien das Streitgespräch neben ihm wenig zu stören. Er bemerkte mich aber sofort, ich wiederum lächelte ihn reflexartig an und hielt meinen Zeigefinger an den Mund um ihm zu verstehen zu geben, dass es hier nur um ein Versteckspielchen ginge. Der Mann mit dem braunen Vollbart nickte und lächelte warmherzig zu mir herunter.

„ … Was sollte ich sonst tun … wie sollte ich dich alleine lassen Yasemin!“, sagte Mühlhausen gerade verzweifelt.

„… Jan! … Bis du verrük! … Was wills du machä, hä? ... Fährs du zofor nach Haus …“

Plötzlich hörte ich eine Autotüre aufgehen, ich watschelte einige Autos weiter weg, schaute dann erst vorsichtig

Richtung Alfa. Meine Mutter lief im Stechschritt zurück, als hätte sie eine Kellerassel gesehen - nur davor hatte sie so höllische Angst! Ich zog meinen Kopf wieder ein. Sie duzte den Mühlhausen ...! Ihre Stimmlage hatte totale Aufgelöstheit verraten, sich überschlagen. Während der ganzen Fahrt wirkte sie bewegungslos wie eine Eidechse nach einem Fressgelage, und nun dieser Ausbruch hier. Ich konnte mir nichts mehr erklären, verstand nicht, was Mühlhausen hier machte und was er mit Ma zu tun hatte! Allein dass die beiden sich duzten, war schon unfassbar für mich. Louis war rasend eifersüchtig. Was wäre, wenn er auch nur das erfuhr? Ich spürte Panik in mir hochkriechen.

Als ich zum Auto zurückkam, hatte ich mich notdürftig beruhigt. Ma wirkte recht gefasst, aber ich beobachtete, wie sie sich einige Male verstohlen umsah. Cem fragte mich dennoch:

„Was hast du denn Tüteken!? Hast du dich mit den bulgarischen Zollbeamten angelegt?"

Ich antwortete nicht. Tausend Gedanken sprinteten mir durch den Kopf! Ich versuchte, mich so gut abzulenken, wie es ging, wobei es hilfreich war, dass wir nach fünfeinhalb Stunden endlosem Herumlaufen, Pässe checken, Zollfracht anmelden, Kofferraum durchsuchen, *endlich* das türkische Zollhäuschen passieren durften. Meine Freude war dennoch ordentlich gedämpft. Vielleicht konnte Mutter nichts für diesen Mühlhausen und sein Auftauchen? Vielleicht fuhr er jetzt auch einfach wieder zurück? Bestimmt, Ma war doch sehr deutlich gewesen. Ich konnte Ma auf keinen Fall fragen, aber es musste sich so oder so irgendwie auflösen. Punkt.

Tausende von Kilometern.

Mehr als hundert Wadenkneifer von Louis.

Ewig dicke Luft zwischen Papa und Ma.

Mehr als fünftausend Fürze, bei Nacht und Tag.

Schätzungsweise mehr als vierhundert Liter menschlichen Schweißes und zig heikle Überholaktionen von Louis.

Berg und Tal, Grenze auf Grenze:

Wir waren endlich in der Türkei.

Gelobt. Verehrt. Herbeigesehnt.

Auch wenn meine Gefühle noch durcheinander wirbelten, ich wollte mir die Freude nicht nehmen lassen. Ich versuchte die Verwirrung beiseite zu schieben. Jeder von uns war nun hellwach, sogar Mama. Es kribbelte nicht nur am Bauchnabel, es kribbelte in jeder Zelle, in jeder! Papa war heiter, äffte ein Empfangskomitee nach:

„*Hosgeldiniz Yemer ailesi!*" (Herzlich willkommen, Familie Yemer!).

„*Hosbulduk!*" (Danke, schön bei Ihnen!), schrie ich übermütig zurück.

Wir fuhren Richtung aufsteigende Sonne, Richtung Edirne. Die erste türkische Großstadt. Nun war das ruhige, flache Meer unser stiller Begleiter. Rot-orange Farbkleckse der aufgehenden Sonne tanzten auf dem Wasserteppich. Es flackerte und glitzerte teilweise silbrig verspielt, als ob Feen und Kobolde einen Morgentanz für uns aufführten. Zauberhaft, wie das Meer neben uns mitzufahren schien, dachte ich. Ich sah die ganze Zeit, nun wieder müde und schlaftrunken, auf das Meer, das wie eine heilige Macht wirkte. Ich spürte nach der Aufregung an der Grenze wieder etwas Frieden in mir.

„Kinder, würdet ihr für hundert Euro jetzt bis zur Boje dahinten schwimmen?", fragte Pa heiter. Die Boje war verdammt weit weg, das Wasser sicher bitterkalt, dennoch sagte Cem:

„Ne, aber für dreihundert Euro schon."

„Für vierhundert bin ich dabei Papa", sagte ich.

„Niemals", sagte Ma energisch, „niemals!"

Sie machte mit. Die Fake-Yemer-Wetten machten immer Spaß, aber heute besonders: weit weg von all den Seeungeheuern und Wasserschlangen und was weiß ich noch. Nach der siebten oder achten Wer-würde-für-wieviel-Frage verlor Ma die Lust, und es war wieder ruhig im Auto. Die leise Zauberstimmung entlang des Teppichmeeres stellte sich wieder ein.

8. Üsküdar, mein Üsküdar ...

Nach etwa drei Stunden erreichten wir endlich die Tore von Tausend und einer Nacht. Auf dem Bosporus sah ich einige Fischerboote, ein paar Yachten und sogar Linienschiffe, die von irgendwo ankamen, Anker warfen.

Der Stadtverkehr war schon heftig, überall Gehupe, Einscheren ohne Blinken. Hier tickte der Puls unvergleichlich anders als in Deutschland. An jeder Ecke *taze-simit* rufende Sesamringverkäufer, keifende *Kahramanmaras*-Eisverkäufer, die das besonders klebrige Eis mit einem Eisenstab hin- und herwirbelten, Kinder, die einen riesigen Schuhputz-Bauchladen mit sich schleppten. Cem und ich klebten mit weit aufgerissenen Augen an der Fensterscheibe, um dem bunten Treiben zuzusehen.

Was für einen Herzschlag hatte diese Stadt! Bummbumm-bum-bumm ..., Bewegung überall. Zunächst kam die Stadtautobahn, und dann fuhren wir auf die Mehmet–Fatih Brücke. … Meine Brücke! Sie war vor allem unglaublich lang. Auf den ersten Blick schien sie eine gewöhnliche Hängebrücke zu sein, aber vielleicht fand ich sie so wunderschön, weil an den Ufern darunter hübsche alte Istanbulhäuser lagen, vielleicht aber auch weil ich auf unserer Fahrt erst hier so richtig das Gefühl bekam, in Istanbul und irgendwie auch in der Türkei, angekommen zu sein.

„Direkt unter uns die Mehmet-Fatih, Kinder. Wisst ihr, dass die Brücke zwischen Asien und Europa steht? Hm?", sagte Papa begeistert und stolz. Mann, jedes Jahr dieselbe Frage! Cem grinste mich breit an. Ich schaute hinunter auf die kleinen Wellen des Bosporus. Das Gefühl, auch im

Leben immer irgendwie *dazwischen* zu stehen, war mir so vertraut, und ich spürte beim Blick auf die Wellen, dass meine Heimat eigentlich nicht die riesige Türkei war und irgendwie auch nicht ganz Hückelfürth, sondern viel eher diese Stelle auf der Mehmet-Fatih-Brücke. Nicht hier und noch nicht dort. Ich fühlte mich hier auf eine komische Art *ganz* und sah zu Cem rüber, als wir die Brücke überquert hatten. Für einen Moment … ach nein, ich wollte ihm besser nichts sagen, nichts fragen. Ich hatte nicht das Gefühl, dass Cem gerade auch etwas Spezielles fühlte.

Wir kamen an den modernen Villen direkt am Bosporus vorbei, an etlichen Moscheen auf engstem Raum. In Üsküdar fuhren wir dann durch endlose enge und steile Gassen, rauf und runter. Am Hafen, wo auch der große Lebensmittelmarkt ist, herrschte schon am Vormittag ein wuseliges Treiben. Urplötzlich schrie Mama:

„*Ömmmeeer! Dikkat!* (Vorsicht!)", und im selben Moment machte Louis eine Vollbremsung! Ma und ich hatten rechtzeitig die Arme vor den Kopf gehoben. Cem knallte mit seiner Birne gegen die Kopfstütze des Vordersitzes. Die Fönwelle war hin. Er rieb sich den Schädel. Einige Meter vor uns hatte es dem Krach nach zu urteilen einen Unfall gegeben. Es schepperte nur einmal, was pures Glück war, da man einige Vollbremsungen hören konnte. Jedenfalls ging es nicht weiter, und das so kurz vor unserem ersten Ziel! Pa und ich stiegen aus, um nachzusehen, was vor uns passiert war. Man konnte erkennen, dass sich etwa zehn Meter vor uns ein alter Fiat in einen superdicken Cadillac-Oldtimer verkeilt hatte. Dann hörte man jemanden heftig fluchen, und plötzlich sah ich einen kleinen Mann, vielleicht einen Meter sechzig groß, aus dem Fiat herausfliegen wie katapultiert. Er marschierte wie von einer Tarantel gestochen in Richtung rosa Cadillac. Der Giftzwerg hämmerte heftig an die Fahrerscheibe. Nach einigen Sekunden sahen Pa und ich, dass der Cadillacfahrer doch auszusteigen wagte - was für ein ungesunder Fehler... Er war ein großer Mann mit einem türkisfarbenen Miami-Vice-Sakko, der hilflos mit den Armen wedelte, und dann PATSCH!, hatte er das Ameisenfäustchen des Kleinen schon am Kinn kleben. Der Kampfkobold musste sich für diesen Volltreffer voll durchstrecken und dann auf die Zehenspitzen gehen, was ziemlich irre aussah, doch der Lulatsch sackte auf seine riesige Motorhaube. Waren wir hier vielleicht doch an einem Filmset? Dann waren die Jungs jedenfalls super Schauspieler! Aber ich konnte nirgendwo Kameras sehen. Wie er sich den Langen so auf der Motorhaube zurechtgelegt hatte, gab es für den Kleinen kein Halten mehr, und er schlug mit beiden Fäusten auf den wehrlosen Mann ein.

„Esoluesek, Pesevenk, dikkat etsene, Esoluesek ...!“ (Sohn eines Esels, pass doch auf, Zuhälter du ...!), schrie er total enthemmt. Seine weit aufgerissenen Augen und sein Elan ließen schon befürchten, dass er gerade erst mit seiner Arbeit anfing. Die Passanten, die Autofahrer und wir sahen uns den Ausbruch des osmanischen Vulkans fassungslos an. Bei jedem Schlag musste ich reflexartig zucken - aua, bis wenige Momente später ein Polizeibus wie aus dem Nichts auftauchte und zwei Uniformierte Zwerg Nase und Lulatsch, ohne auch nur ein Wort zu sagen, eilig in den großen Bus schleppten. So stellte ich mir die Entführung von einem Erdenbürger in ein UFO vor: schnell, ohne mit der Wimper zu zucken und total systematisch. Einfach so! Für den Kleinen brauchten sie einen zweiten Beamten, da

er weiter wild in die Luft schlug. Einer kümmerte sich um den Schönling, der gestützt werden musste. Auweia, der sah zugerichtet aus! Der würde sich in Üsküdar nur noch inkognito sehen lassen können, peinlich! Im offenen Bus fiel kein Wort mehr, aber ich sah, wie ein Polizist den Großen mehrfach ohrfeigte - was hatte er denn getan?! Das war ein Missverständnis! Die anderen zwei schlugen bei offener Bustüre auf Ameisenfäustchen ein! Ich hatte keine Spucke mehr im Mund:

„Baba, ne yapiyorlar baba polisler, baba?" (Papa, was machen die da?)

„Iste oglum burasi Türkiye, bu da Türkiye ..." (Das ist die Türkei, auch das ist die Türkei ...), sagte er und schien mit seinen Gedanken weit weg. So, als ob er sich an etwas weit Zurückliegendes erinnerte. Kurz darauf wurden die Unfallbeteiligten mit blutigen Nasen in ihre Autos gesetzt, der Verkehr eilig geregelt, als ob nichts wäre, und es ging weiter. Wieder im Auto sitzend musste ich das erst einmal verdauen.

Wir ließen den Hafen hinter uns und fuhren nun durch verwinkelte Gassen an den wunderschönen, ein- bis zweistöckigen Holzhäusern vorbei. Sie hatten etwas Verletzliches. Mir erschienen sie wie lebendig. Tante Melek und Onkel Yusuf wohnten auch in so einem dunkelbraunen Holzhaus und zwar direkt an einer sehr steilen Gasse. Wir waren endlich an unserem ersten Ziel in der Türkei angekommen. Meine Tante, die wie meine Mutter diese merkwürdigen fünf Grübchen – eins am Kinn, und je zwei in der unteren und oberen Backenpartie - hatte, öffnete strahlend die Tür. Mein Cousin Levent half beim Taschen tragen. Gül, seine Schwester, holte Tee, und ich freute mich auf meinen Lieblingsonkel Yusuf. Gül und Tantchen fuhren ordentlich auf: Oliven, grüne und schwarze, einen riesigen Obstteller, verschiedene Schafskäsesorten, Gurken, Baklava, Pide, Tomaten, Feigen und selbstgemachte Quittenmarmelade konnte ich auf den ersten Blick sehen. Was für ein fetter Überfluss!, dachte ich und haute rein. Aber immer, wenn ich so eine Auswahl hatte, waren meine Augen größer als mein Magen. Ich konnte schon nach wenigen Minuten nicht mehr!

"Ye Kaan hadi canim." (Iss Kaan, los mein Schatz)!, sagte mein Tantchen und ich genierte mich schon, weil ich so früh schlapp machte. Sie hatte sich echt Mühe gegeben.

„Cem, sen biraz fazla aslan sütü mi kacirdin, bu kollar ne, güresci mi oldun?" (Cem hast wohl ein wenig zu viel Löwenwasser abbekommen, bist du jetzt unter die Ringer gegangen oder was?), sagte Levent und kniepte mit seinen hellbraunen Knopfaugen. Cem wurde für seine Verhältnisse ziemlich rot, was ich bei dem Angeber gerne sah, hihi. Wenn man sich das ganze Jahr Schwarzenegger-Arme züchtet, muss man halt mit Sprüchen leben. Dicke Arme hin oder her, auch Cem hatte an dem fetten Orienttisch nach einer halben Stunde seine Grenzen erreicht. Vielleicht wäre es klüger gewesen, sich nicht so auffällig zurück zu lehnen …

„Neeeeeee?! Bittin mi? Hic bir sey yemedin! Tühsiklet kallacaksin! Dur sana biraz yumurta yapim!" (Was? Du hast *nichts* gegessen! Du wirst eine Bohnenstange bleiben! Warte, ich mache dir noch ein paar Eier!), sagte Tante Melek ehrgeizig. Und, wie bitte, Bohnenstange? Auweia, dass musste Cem sehr schmerzen! Entweder zuckte er deswegen zusammen oder, weil er sich wunderte, dass irgendein Mensch zwischen Hückelfürth und Ankara es wagte, ihn zum Weiter-

essen aufzufordern. Ihn, den Vorratsplünderer, den Kühlschrankkratzeputzesser. Cem sah sie mit Riesenopferaugen an, als wolle er flehen *neeeeiiinnnn, bitte, bitte nicht.* Das hier war sein Sumo-Ringer-Magen nicht gewohnt. Man konnte (fast) Mitleid kriegen, da Tantchen die Antwort nicht abwartete und gleich Richtung Küche lief. Cem hätte unbedingt so tun sollen, als ob er weiteraß. Aber sich dehnen und zurück lehnen, das war der weiße Fehdehandschuh für Tantchen! Man sitzt hier am Tisch und isst, auch wenn man schon angeschlagen ist wie ein Boxer in der zwölften Runde. Ma und Papa waren da alte Hasen, die machten keine Anfängerfehler. Cem aß auch die vier Rühreier, Respekt! Aber er aß in einer Mega-Zeitlupe, und sein Gesicht nahm einen weiß-olivgrünen Ton an.

In den kommenden Tagen hatte ich das Gefühl, dass wir die meiste Zeit am Tisch saßen. Louis Wampe spannte schon wie ein Basketball. Wir spielten mit den Nachbarjungs Oktay und Mustafa Verstecken und Fußball in der Gasse vor der Tür. Als Cem bei seinen drei Treffern *Toooooor* schrie, als ob es kein Morgen gäbe, schallte es laut wie durch einen Verstärker durch die Gassen. In Hückelfürth wären die Seils schon vom Balkon gehüpft, aber hier schien das niemanden zu jucken. Am Abend machten Levent, Cem und ich uns Richtung Freiluftkino auf, es lief irgendein alter Bruce Lee-Film. Im Schutz der Dunkelheit hatte ich mal alle Zeit der Welt, Levent in Ruhe zu beobachten: Es war komisch, er war so friedlich und lächelte immer, selbst wenn Bruce Lee gerade jemanden schrecklich zusammenfaltete. Wie konnte er auf so einem Dauerhappy-Trip sein? Ich kannte niemanden in Hückelfürth, der annähernd so gut drauf war. Den Film habe ich kaum verfolgt, nicht nur wegen Levent, sondern weil jeder verdammte Kinogänger eine dicke Tüte Sonnenblumenkerne essen musste. Der fiese Geräuschteppich killte mir den letzten Nerv: teck, teck, teck, teck, teck ... hunderttausendfach die Minute, direkt an meinen Ohren. Ich hatte nach einer Stunde das Gefühl, dass mein Ohrkanal immer schrecklicher juckte von dem Teck-Teck um mich. Es war so ein Jucken, dass man sich mal gerne voll aufs Ohr hauen möchte, nicht mehr nur kratzen. Da waren vor allem diese zwei Frauen rechts neben mir, eine hatte eine riesige Hakennase. Ach, ich hasste sie! Zwanzig, dreißig Kerne brachen sie mit den Vorderzähnen so hastig auf, als hätten sie seit einer Woche nichts mehr gegessen. Ich hätte sie gerne mit dem Kopf in die Tüte gesteckt und ihr zuvor noch tausend Kerne in den Mund gestopft, mit Schalen. Diese Hektik machte mich Irre! Während ich mich oft umsah und durchschnaufte, schauten Cem und Levent konzentriert den Film, warum regte eigentlich nur ich mich hier auf?!

Am Freitag war ein ganz besonderer Tag. Alle Männer und Fastmänner nahmen die rituellen Waschungen vor, um gemeinsam in die Moschee zu gehen. Jetzt hieß es, bloß nicht furzen, da dann das Ritual im Eimer war und noch einmal gemacht werden musste. Cem, auch der Ungläubige genannt, ließ auf dem Weg zur Moschee Winde fahren, die eine mittlere Segeljacht fortbewegt hätten.

„Cem yapma, lütfen yapma!" (Bitte Cem, hör auf!), flehte ich. Auf der anderen Seite fand ich es verdammt lustig, na ja, es war immerhin verboten. Cem pupste aber immer wieder und sah mich von der Seite an. Üsküdars Luft war wirklich nicht mehr dieselbe. Ich dachte, dass Gott Cem

und mich bestrafen würde, und rechnete mit einem Blitzschlag auf den Hintern. Wir würden wegen Cems Winden grausam sterben müssen! Aber Gott hatte einen guten Tag. Pa und Onkel Yusuf gingen vor und hörten die ganze Zeit scheinbar nichts. Der Muezzin rief lautstark zum Gebet:

„Allahuekbar, Allahuekbar..."

Ein weiterer Muezzin aus einer anderen Moschee sang wie im Kanon mit, und noch weitere Muezzine aus Nachbarmoscheen stimmten mit ein. Die Stimmen kreuzten sich, wie unsichtbar geleitet durch die engen Gassen. Ein schöner Moment, den Cem etwas in seinen Pupsen ertränkte. Levent beteiligte sich nicht an unserem albernen Getue und lächelte nur. Er kam mir vor wie ein uralter Mann, zu dem der junge Körper überhaupt nicht passte. Ein weißer Bart und tausend Jahre auf dem Buckel hätten ihm besser gestanden. Dabei war er erst zwölf.

In der Mitte des abgegrenzten Vorhofs der uralten Moschee gab es eine Waschstelle: ein riesiger runder Stein mit eingemeißelten arabischen Schriftzeichen. Hier wuschen sich auch einige Männer. Vorgestern hatten wir hier mal Fußball gespielt. Die Wände waren teilweise aus alten Metallgittern, die wir als Tore benutzt hatten. Jetzt zogen wir vier kurz vor dem Eingang unsere Schuhe aus und betraten das schöne, weiße Gebäude, das auf einem der höchsten Hügel der Stadt steht. Ehrfurchteinflößend, die Moschee, mit den moosbewachsenen Wänden. Die Anlage lebte und sie war so alt! Der Innenraum kam mir riesig vor, er war aber nur so groß, dass er maximal zweihundertfünfzig Menschen fassen konnte. Der junge Vorbeter stand in der Mitte, gegenüber vom Eingang. Neben ihm war ein Holzkasten mit seitlichen Stufen, die ins Nichts führten, mannshoch. Der Vorhang war rot und reich verziert mit goldenen arabischen Schriftzeichen. Dahinter musste die Hölle sein, der Abgrund. Wir standen nun nebeneinander, und ich hatte Angst, dass der Vorbeter Gedanken lesen konnte. Wenn er Cem oder mich mit dreckigen Gedanken erwischte, dann zack, ab ins Fegefeuer! Ich hatte heute ja schon gesündigt, … und plötzlich ging mir selbst ein Windchen durch! Trotz oder gerade wegen der Angst musste ich lachen. Tante Melek hätte nicht diese herrliche Bohnensuppe machen sollen. Würde der Hodscha es merken? Hatte er vielleicht auch einen guten Tag, wie der liebe Gott heute? Es kam schlimmer... Cem nahm den Furz zum Anlass, um die Olympischen Spiele für eröffnet zu erklären. LAUT! Hörbar! Ich versank in den kleinen Fäden des grünen Teppichs und musste schrecklich lachen. Schön und schrecklich. Jetzt war es bestimmt ganz aus!, dachte ich. Der Vorbeter sagte noch immer nichts! Vielleicht würde uns in der Not auch helfen, dass mein Onkel hier der Oberguru als Vorbeter war? Aber vielleicht käme sein dienstschiebender Kollege gleich doch, und Cem und ich müssten dann in diesen mannshohen Kasten, dieses Tor zur Hölle! Aber er kam noch nicht, sagte noch nichts. Der Druck stieg in mir, hoch und höher, mein Hals war ganz angespannt. Das Verbotene kitzelte in meinen Eingeweiden und KRAWUMM!

Ich platzte, platzte laut heraus vor Lachen. Kurz aber hörbar. Ich versuchte, mich einzukriegen, irgendwie, aber Cem lachte laut mit. Niemand sagte etwas. Der Schweiß lief mir die Nase runter, tropfte auf den Teppich. Keiner drehte sich um, da es beim Beten untersagt ist - unser Glück. Vater stieß Cem so unsanft mit seinem Ellenbogen in die Seite, dass er an meine Seite prallte. Levent sagte weiter nichts, gar nichts und betete versunken, wie es sich für einen tausend Jahre alten Heiligen gehört. Das Gebet war erst nach einer gefühlten Ewigkeit vorbei! Hölle, Hölle…!

Unerwarteter Weise gab es auf dem Heimweg keinen weiteren Ärger, warum auch immer. Wir gingen still nach Hause. Ich schlief in dieser Nacht mit einem Gefühl ein, als sei ich von Kopf bis Fuß in Gülle getaucht worden. Ich war heute ein großer Sünder.

Es blieben nur noch wenige Tage in Üsküdar. Ich beneidete Levent, dass er hier immer sein konnte. Ich vermisste das längliche Holzhaus mit den wenigen Fenstern jetzt schon, aber vor allem würde ich natürlich meinen Levent und Onkel Yusuf vermissen. An dem letzten Sonntag in Üsküdar war Levent nicht da, was mir den Abschied besonders schwer machte. Cem, Pa, Ma und die anderen saßen in der Küche, in der zweiten Etage. Ich döste alleine vor mich hin und sah aus dem kleinen Fenster auf die vergleichsweise moderne Villa gegenüber. Auf dem Baumwipfel der Trauerzypresse, gleich vor der Haustür, huschte ein Eichhörnchen vorbei. Zwei, drei weiße Tauben starteten gleichzeitig, wie abgesprochen, ihren schwerfälligen Flug von einem Ast. Irgendetwas, irgendeine außerhalb von mir liegende Kraft regte mich mit einem Mal zum Aufstehen an und führte mich erst in das kleinere der zwei Wohnzimmer. Wie von einer Schnur gezogen, lief ich dann durch das alte Haus. Das Knarren des Parketts klang weit entfernt. Ich hatte das Gefühl, ferngesteuert zu sein, ferngesteuert, aber sehr entspannt. Ich lief die Treppe rauf und runter. Dann blieb ich wieder im kleinen Wohnzimmer stehen, nein, ich wurde gestoppt, nicht mit Gewalt, sondern ganz sanft. Es folgte ein Moment totaler Ruhe, und ich setzte mich wie benebelt auf den samtbezogenen

Holzstuhl mit der hohen Lehne. Allein im kleinen Bet- und Wohnzimmer meines Onkels Yusuf ... Da war mit einem Mal so eine Stille, dass ich immer tiefer in Gedanken versank, immer tiefer die Seelentreppe hinab. Es wurde so komisch still. So ein komischer Friede war um mich. Plötzlich fing ich an zu weinen, was ich irgendwie wollte, aber auch irgendwie nicht. Dann hoppelte mein Herz, kribbelte, und ich hatte das Gefühl, für einen Moment Hodscha Ermis' Kaminofenwärme zu spüren. Ich wollte die Zeit anhalten. Riesige Glücksgefühlswellen schwappten vom Bauch hinauf in meine Haarspitzen! Aber je mehr ich versuchte, den schönen Moment festzuhalten, ganz fest, desto mehr entglitt er mir. Dann stand plötzlich Vater im Zimmer und sah mich an! Es war als ob jemand das schützende Holzhaus um mich herum niedergerissen hätte. Er fragte besorgt, aber laut:
"Oglum neyin var ne oldu?" (Was ist los mein Sohn?)
Ich versuchte, ihm zu beschreiben, was war ... dann rief er:
„Yasemin, Cem, Yusuf ... gelin gelin ...!" (... Yasemin, Cem, Yusuf, kommt alle her...!), durch das Haus und holte alle anderen aus der Küche. Als sie im Raum standen, sagte er feierlich mit einem breiten Grinsen:
„... Allahlan konusmus, aglamis bizim kücük Peygamber be! Haha." (Er hat mit *Gott* gesprochen und vor Glück geweint, unser kleiner Prophet, haha.)
Alle starrten mich an. Ich hatte das Gefühl, sie würden mich auslachen. Als sich die blöde Versammlung auflöste, kam der schöne Moment wieder kurz zurück. Der Tag verlief komisch, ich hatte das Gefühl neben meinem Körper zu laufen. In dieser Nacht träumte ich von Hodscha Ermis.

Ich stand an der Klippe. Das Meer unter mir war ruhig wie ein glitzernder Teppich. Die rote Abendsonne streichelte mein Gesicht. Der Hodscha stand hinter mir und sagte in mein rechtes Ohr:

„Deine Haare leuchten heute wie Gold, du Glückskind!"

Er streichelte mir sanft über den Kopf und verschwand im selben Augenblick.

Am nächsten Morgen wachte ich total gut gelaunt auf. Ich blickte in den Spiegel und dachte:

„Wow, ich habe echt so ein bisschen goldene Haare!"

Ich lief zu Cem, der allein im Gästezimmer lag und einen Comic las.

„Cem, findest du auch, dass meine Haare einen goldenen Stich haben?"

Er legte das Buch weg.

„Ja, genau den Stich in deiner Birne sehe ich ganz deutlich Tüteken! Hahahaahhaa!"

Ich Idiot. Was war nur in mich gefahren?! Hatte man mir versehentlich Drogen in den Schwarztee gemischt?

Es war komisch, aber vom allerersten Tag hier in Üsküdar hatte ich das Gefühl, zu Hause zu sein. Angekommen. Nirgendwo mehr hinzuwollen. Hier, bei meinem Levent, in den steilen, engen Gassen, an dem einzigen Ort des Universums, wo die Häuser einen Mund, eine Nase, Augen und ein riesiges Herz zu haben schienen. Solche Holzhäuser standen sonst nirgendwo. Mein Onkel Yusuf hatte das mit dem größten Herz.

Der letzte Tag brach an, und wir verabschiedeten uns an einem sehr frühen Morgen, fast zwei Wochen nachdem wir hier angekommen waren. Die Zeit war wie im Flug vergangen.

Unser nächstes Ziel war dieses Jahr ausnahmsweise die Stadt Erzurum, um genauer zu sein, das kleine Dorf Ispir in deren Nähe. Tausend Kilometer lagen vor uns. Ein Trip zu Vaters Wurzeln, den er vielleicht wegen der Megastrecke bisher gescheut hatte, oder womöglich auch aus anderen Gründen. Ich wusste es nicht. Aber diesmal sollten wir alle das Dorf seiner Kindheit sehen, und damit gab es auch ein Wiedersehen mit Oma Hatice, die ich zuletzt vor zweieinhalb Jahren in Deutschland erlebt hatte. Es war komisch, aber ich konnte mich noch nicht so recht auf Ömchen freuen, die mir vor allem als uralt und zerbrechlich im Gedächtnis geblieben war. Wenn es nicht die Mutter von Louis wäre, hätte ich behauptet, dass sie insgeheim eine Klawitterhexe war, mit ihrer höckrigen Nase, den dünnen Lippen und dem leichten Buckelansatz. Andererseits erinnerte ich mich auch an dieses rotzgörenartige Funkeln in ihren Augen, dass aufleuchtete, wenn sie aus heiterem Himmel einen überraschenden Spruch rauskloppte. Wums! Dann zeigte sich so ein feines Lächeln und dieser Blick aus den Augenschlitzen. Ziemlich cool für eine alte Frau, fand ich jedenfalls.

9. Louis' Wurzeln

Wir fuhren, mittlerweile etwas leichter bepackt, da die Geschenke fast alle in Üsküdar abgeladen worden waren, am schwarzen Meer entlang. Weitere zwölfhundert Kilometer lagen bis Erzurum vor uns.

„Wisst ihr, mein Vater, euer Opa, war immer in der Stadt und verspielte sein Geld. Na ja, er trank recht viel", sagte Papa plötzlich in die Stille der ersten halben Stunde hinein. Er wollte über Opa reden oder über seine Kindheit?! Das tat er selten und höchstens bruchstückhaft. Ich hatte das Gefühl, dass jetzt nicht nur mir Fledermausohren wuchsen.

„... ich sah ihn leider nur sehr selten. Eure Oma hatte es schwer, sie versuchte, uns viele Kinder allein durchzubringen, die Arme. Wir Kinder lebten eigentlich in einer bezaubernden Gegend. Ihr werdet dort morgen herrliche Berge und den wilden Fluss Corum sehen. Es wird euch gefallen, auch wenn ihr jetzt noch keine besondere Lust habt. Glaubt mir, seitdem ich dort weg bin, weiß ich, meine Heimat noch mehr zu schätzen. Als Kind wollte ich nur weg dort, alles andere erschien mir schöner. Heute sehe ich das anders. Ich freu mich schon auf die würzige Luft in Ispir, meinem Dorf, ja-ha, ich freue mich!"

Er grinste, seine Augen leuchteten.

„... wenn ich an die strengen Winter zurückdenke. Es war nicht selbstverständlich, dass Kinder zur Schule gehen konnten. Ich hatte keinen Grundschulabschluss, den habe ich erst als Erwachsener nachgeholt."

WAS?!!!! Vater ist Grundschüler?!, explodierte es leise in mir. Schande!

„Ich musste wie alle Kinder schon früh arbeiten, damit unsere Familie überleben konnte. Mit eurem Onkel Selcuk bin ich dann als Zwölfjähriger nach Istanbul gegangen, wir versuchten unser Glück als Gelegenheits- und Hilfsarbeiter tagsüber und auch oft abends in Kinos, wenn es sich ergab. Es war ein täglicher Kampf ums Überleben, immer von der Hand in den Mund. Wenn ich da eure Kindheit sehe … Als ich in Deutschland war, konnte ich mir nicht mehr vorstellen, noch mal zurück in dieses elende Dorf zu gehen, doch wer hätte gedacht, dass ich mit fast vierzig doch noch mit solcher Sehnsucht in meine Heimat fahre?"

Mehr sagte er plötzlich nicht mehr, und es herrschte Stille. Louis sah nur noch traurig in die Ferne, und ich hatte den Eindruck, dass er mit den Tränen kämpfte. Cem sah wie ich noch weiter erwartungsvoll zu Papa, als ob er sagen wollte: Red' weiter, wir hören echt gern zu. Mama sah mehrfach etwas irritiert und jetzt mit ganz weichem Gesichtsausdruck zu ihm rüber. Er hatte mein Identitätspuzzle um ein weiteres Mosaiksteinchen ergänzt. Ich dachte über Opa nach und bekam eine sonderbare Sehnsucht, mehr über ihn zu erfahren. Ich lehnte meinen Kopf an die Autotüre und sah den weißen Wolken nach. Nachdem Papa Erzurum doch so traurig zu machen schien, wollte ich irgendwie gar nicht mehr weiter fahren.

Plötzlich kam mir der Trip in Louis Kindheit wie eine weiße Schleierwolke vor, die mich zu erdrücken drohte. Meine Lust und meine Neugier schienen ihre glühende Energie zu verlieren. Viel lieber wollte ich plötzlich direkt ans Meer, nach Kusadasi, wo wir letztes Jahr so einen schönen

Urlaub verbracht hatten. Sonne, lustige Leute, Strand. Ich wollte nicht mehr in dieses Dorf namens Ispir. Aber vielleicht wollte ich auch nur nicht unsere hinterweltlerische Herkunft sehen. Waren wir heute nicht etwas Besseres? Besser hin oder her, jedenfalls lebten wir doch in einer ganz anderen Welt! Trotzdem, was waren wir eigentlich genau? Als die Frage in mir hochstieg, ploppten reflexartig die Bilder meines ersten Schultags in mir auf. Damals war ich so stolz auf meine riesige, rote Schultüte gewesen! Aber ich war anders als die anderen, das spürte ich deutlich. Tante Naziye hatte mich zur Einschulung begleitet, da niemand anders konnte, und Mama hatte mir noch einen Tag vor der Einschulung gesagt, was ich genau sagen solle, wenn ich von der neuen Lehrerin nach dem Beruf von Papa gefragt würde:

„Du sagst einfach, Papa ist Schweißer."

Das war leicht zu merken, und ich hatte es gedanklich noch x-mal wiederholt. Irgendwie wurde mir klar, dass das nichts Tolles war, wie Arzt oder so. Als wir in die Klasse gingen, fragte unsere Klassenlehrerin, Frau Hankowicz, alle Kinder Reihe für Reihe nach ihren Namen und nach dem Beruf der Eltern. Sie hießen Meier, Schumacher oder sonst wie, Kaan Yemer war der einzige ungewöhnliche Name und ich wollte echt alles, nur nicht auffallen. Mein Herz raste, und ich dachte, jeder müsse sehen, dass mein roter Pulli gleich auf Brusthöhe platzt. Es war unvermeidbar, ich wurde drangenommen und das erste Wunder geschah: ich redete!

„Ich bin der Kaan Yemer."

Dann folgte wie aus der Pistole geschossen:

„Mein Vater ist Schweizer!"

Immerhin, das „w" war noch drin und ich hatte Paps

nicht zu einem Scheißer gemacht, aber das „z“ - fehl am Platz. Wir waren – leider - keine Schweizer ... Frau Hankowicz verbesserte mich mit einem Lächeln auf den Lippen:

„Kaan, du meinst wohl, dein Vater ist *Schweißer,* nicht wahr?“

Erste Antwort - erster Fehler. Wie hätte ich die Schule nicht hassen können? Irgendwie hatte ich an diesem Tag wohl eine Art Mittelweg versucht, auch wenn mir das damals nicht klar war, aber der Plan ging natürlich nicht auf. Das Leben schien schon mit sechs ein ewiger Spagat zu sein, den ich vorher nie geübt hatte.

Als ich mich jetzt im Auto wieder an diesen ersten Schultag erinnerte, schien mir Hückelfürth so weit weg. Mir wurde klar, wie sehr das, was ich bin, von dem abhängt, woher meine Eltern kommen und was sie tun. Jetzt fuhren wir auch noch in dieses rückschrittliche Dorf von Vater, wenn das meine Klassenkameraden wüssten!, dachte ich unruhig. Wie meine Gedanken verdunkelten sich die Wolken am Himmel, und ich grübelte im Auto Richtung Erzurum weiter still vor mich hin.

Es wurde ein heißer Mittag, und Cem blätterte gelangweilt in meinen Asterix-Heften, während ich mir die Dörfer ansah, durch die wir fuhren. In jedem Dorf, egal wie klein es war, gab es eine Moschee. Meist waren sie die schönsten, prunkvollsten Bauten, oft die größten Gebäude. Hatten die Bewohner ihre steinernen Wohnhäuser oder Lehmhütten noch schief und krumm erbaut, bei den Moscheen hatten sie sich offensichtlich zu super Baumeistern gewandelt. So auch in dem Dorf Kumca, das wir gerade durchfuhren. Ich sah eine wunderschöne bordeauxfarbene kleinere Moschee mit einer goldverzierten Kuppel. Wir fuhren auf der einzig geteerten Hauptstraße, und auch diese war löchrig wie ein Schweizer Käse. Die Moschee hingegen war fast perfekt, die Goldkuppel glänzte in der nachmittäglichen Sonne. Ich schlief endlich wieder ein und träumte.

Ich stand auf „meiner" Klippe, und Hodscha Ermis näherte sich schwebend von hinten, während ich versunken auf das Meer schaute. Er nahm mich wortlos bei der Hand und führte mich durch einen bunten Blumenpark in eine große Moschee mit vier weißen Minaretten und einer großen silbernen Kuppel in der Mitte. Um die Moschee und im Innenhof wuchsen grüne Rosen. Wir betraten wortlos den Innenhof, und vier grünbärtige Männer mit lilafarbenen Kaftans wuschen sich zum Gebet an einer quaderförmigen weißen Marmorsäule in der Mitte des Innenhofs. Die ungewöhnliche Farbenpracht anzusehen, machte irgendwie happy. Sie beachteten uns aber nicht weiter und gingen ruhig in die Moschee zum Gebet. Hodscha Ermis zog mich an der Hand leicht mit sich, ich folgte ihm ehrfürchtig. Wir standen am Eingang, und ich sah das Innere der Moschee mit den grünen Rosen. Die weißen Wänden waren auf der einen Seite mit reich verzierten, goldfarbenen arabischen Koranversen bemalt. Auf der anderen Seite war mit goldfarbenen Zeichnungen Jesus am Kreuz abgebildet. Sein schmerzverzerrtes Gesicht wirkt so menschlich und leidvoll. Dieser Ausdruck schien hier irgendwie nicht her zu passen. Sein sehniger Körper wirkte noch pulsierend, noch ganz in einen grausamen Todeskampf vertieft. Ein verletzlicher Jesus. Die dritte und vierte Seite der Moschee zierten fremde Schriftzeichen. Durch die großzügigen Fenster schien die Sonne herein auf einen blütenweißen, kaschmirweichen Teppich und gab dem Raum eine alles überstrahlende Kraft. Die vier Männer legten ihre Kaftans ab wie ein perfekt inszeniertes Ballett. Sie wirkten uralt, ihre nun nackten und muskulösen Körper schienen auf den ersten Blick im Gegensatz dazu zu stehen. Sie verneigten sich gleichzeitig, und ich spürte Gänsehaut an Stellen, bei denen ich nicht vermutet hätte, dass ich dort schon Härchen besaß. Ich fühlte mich so leicht wie eine Feder im Universum und ...

Lautes Gelächter von Cem weckte mich unsanft, er sagte:

„Mensch, dir läuft die Rotze aus dem Mund wie einem Zweijährigen. Du hast schon `ne dicke Pfütze auf deinem T-Shirt...! Hahahaaaa!"

Oh ja, ich sabberte, wischte mir hastig den Mund ab und schenkte Cem keinerlei Beachtung.

„Lass Jungä in ruh Cääm!", zischte Mama.

Schon wieder ein Traum mit dem Hodscha. Zu Hause träumte ich höchstens einmal im Monat von ihm. Nach satten fünfhundert Kilometern machten wir Rast an einem kleinen Open-Air-Restaurant, nahe der Landstraße. Es war wirklich schön hier. Ein buntes Blumenmeer war um den künstlichen Bach angelegt, der an unserem Tisch vorbei plätscherte. Das Geräusch des Wassers wirkte entspannend. Vater war in Gedanken versunken. Ich genoss die Cola, die ich heute ausnahmsweise bestellen durfte. Es war zwar heiß, aber der frische Wind hatte Gnade mit uns und ich kam so langsam wieder auf die Erde zurück. Der etwas betagte Koch und gleichzeitige Kellner rief freundlich von der Bar:

„Hemen geliyorum!" (Komme sofort!)

Er schien sich über seine einzigen Gäste weit und breit ziemlich zu freuen. Als er schließlich das Essen servierte fragte er:

„Nereden geliyorsunuz?" (Woher kommt ihr?)

„Almanya“, sagte Papa einsilbig. Er wollte sich nicht unterhalten.

"Arabaniz güzel, hangi model?" (Schönes Auto, was für ein Baujahr?)

War das hier ein Verwandter von Nursin oder was? Hatte der eine Babbel!

„2007“, sagte Pa noch einmal eindeutig einsilbig.

Der Kellner wollte wohl von neuen Welten hören. Es schien ihn wenig zu stören, dass wir eigentlich nur in Ruhe essen wollten, und er fragte immer weiter ... Geduldig ließ Vater sich darauf ein. Cem und ich gingen nach der hastig verzehrten Linsensuppe wenige Meter weiter zu dem kleinen Teich und warfen ein paar Steinchen nach den Enten, die laut meckerten. Papa zahlte schließlich nach ungefähr zweihundert Fragen des Kellners, und dieser wünschte uns eine gute Reise, wir sollten auf dem Rückweg unbedingt noch einmal Halt in seiner *Oase* machen. Oh ja, da hatte Papa sicher ganz große Lust drauf, ich sah es an seinem gequälten Lächeln. Das energiegeladene Funkeln in den Augen des Kellners ließ keinen Moment nach, er war richtig überzeugt von sich! Na ja, zumindest Mama hatte er irgendwie überzeugt, sie grinste breit zurück, als sie aufstand. Als wir zum Auto gingen, bemerkte ich auf Vaters Schienbein eine verdickte, rote Stelle und wies ihn darauf hin. Er antwortete nicht, sondern winkte gelangweilt ab, obwohl die Wölbung schon ungewöhnlich wirkte.

Der eifrige Kellner stellte sich zum Abschied seiner Premiumgäste an den Straßenrand und winkte uns noch solange hinterher, als ob er seine eigene Familie auf eine lange Reise schickte, komischer Kauz! Ich winkte ihm zurück, bis ich ihn nicht mehr sah. Wie lange er wohl noch da stehen würde?, fragte ich mich. Er war bestimmt total einsam hier.

Es ging weiter durch die etwas karge und hügelige Landschaft, wieder vorbei an zahllosen Dörfern. Ich bekam erst jetzt ein Gefühl, eine ungefähre Ahnung was für ein großes Land die Türkei ist. So viele Städtchen, Städte und Dörfer. Schlafen ging nicht mehr. Cem schlief wieder und machte sich breit, wie ein dicker Seemann. Ich wollte ihn nicht wecken, da ich wusste, er würde sich alles merken, und es gab schon genug, womit ich zu rechnen hatte, wenn wir alleine waren. Nach etwa achthundert Kilometern Fahrt verabschiedete sich auch die Sonne langsam. Es wurde etwas kühler. Wir gelangten ein bis zwei weitere Stunden später in die Nähe von Erzurum. Die Landschaft um uns herum veränderte sich jetzt stark, Berge überall. Es begann ein langer und kurviger Anstieg. Wir waren nun alle hellwach. Die Straßen waren besonders schlecht und eng, Papa holte die berühmt berüchtigte, mega-nervtötende Vuvuzela aus dem Kofferraum, die er mir anlässlich der Fußball-Weltmeisterschaft in Südafrika geschenkt hatte. Vor jeder Kurve blies Cem voller Inbrunst hinein, damit der Gegenverkehr alarmiert war und es nicht zu einem Unfall kam. Ich dachte, dass es eigentlich eher wegen der Vuvuzela zu Unfällen käme, aber ich wurde ja nicht gefragt. Am Straßenrand gab es keine Absperrung, und je weiter wir fuhren, desto tiefer war die Schlucht, in die man hinab sah. Ich versuchte, mich langsam auf den kurvigen Rhythmus einzustellen, damit mir nicht übel wurde. Cem blies, bis ihm die Backen zu platzen drohten, ich weiß nicht zum wievielten Male bereits, als diesmal die Nase eines Busses um die Kurve lugte! Mit Schritttempo und

Millimeterarbeit kam Papa Meter für Meter weiter und schließlich vorbei an dem Reisebus. Es wurde dämmrig, und obwohl alle erschöpft waren, war an Entspannung nicht zu denken. Noch nie hatte ich in der Türkei so riesige Berge gesehen. Sie wirkten wie künstlich hierher versetzt.

Trotz der gefährlichen Schluchten, die ich direkt neben unserem Auto aus dem Fenster sehen konnte, mochte ich die Berge. Sie gaben mir ein Gefühl von endloser Weite und Freiheit. Die massive Energie dieser Kolosse zog mich mehr und mehr in ihren Bann. Ich musste immer hinabsehen in die mörderischen Schluchten und war nach einiger Zeit wie hypnotisiert. Die endlose Spirale der Kurven machte mich schwindelig. Die Schluchten wirkten immer wahnsinniger, wir fuhren immer abgehobener von der Welt da unten, weit weg von der Zivilisation schraubte Vater uns tranceartig in seine Heimat am Ende der Welt. Schrauben, schrauben, schrauben, zeit- und raumlos.

Irgendwo, wenige Kilometer vor dem Dorf, hielt er an, um sich kurz auszuruhen. Er war total blass und seine Augen waren ganz klein. Die Pause schien er dringend zu brauchen, so dringend wie ich. Vielleicht noch mehr als ich, als müsste er noch einmal tief Luft holen, bevor er wieder in seine alte Welt eintauchte. Ich saß noch im Auto und musste erneut auf sein angeschwollenes Bein starren, als er sich dehnte und streckte. Ganz plötzlich standen drei Dorfkinder, so zwischen zehn und dreizehn, in zerfetzten Hosen und mit dreckigen Gesichtern vor Papa, der wenige Meter vom Auto entfernt war. Wo kamen die denn her?!

„Sigara! Sigara var mi?!" (Zigaretten, habt ihr welche?), sagte einer mit bedrohlich heiserer Stimme und sah Papa unerschrocken in die Augen.

„... hayir, niye sigara iciyorsunuz?" (Nein. Warum raucht ihr denn?), entgegnete Vater ungewöhnlich leise und sehr bemüht, seine Erschrockenheit zu verbergen.

„Sigara, var mi be?" (Habt ihr Zigaretten, Mann!?), sagte dann der dünne Große mit dem zerkratzten Gesicht fordernd. Auch er hatte so eine kratzige, alte Stimme! Vater sagte nichts mehr und machte seine Dehnübungen weiter, wenn auch mit viel weniger ausladenden Bewegungen.

„Gel gidelim Ömer!" (Lass uns fahren, Ömer!), flüsterte Mama Louis flehend zu. Die drei Jungs wichen knurrend einige Meter zurück, und ich hörte noch den Kleinsten wütend murmeln:

"Almanci, pis almanci be!" (Deutschländer, dreckige Deutschländer!)

Der Große nickte. Sie beobachteten uns wie wilde Wölfe aus der Distanz. Mein Herz schlug kaum noch, ich spürte meine Beine weicher werden als warme Nutella. Wieso stieg Papa nicht endlich in den Wagen, und warum fuhren wir dann nicht mit quietschenden Reifen davon? Weg, nur weg von den Wölfen! Weit und breit war kein Dorf zu sehen, keine anderen Menschen und Autos. Es war eine unwirkliche Situation, und ich schätzte Papas leise Stimme und seine komische Reglosigkeit als platte Angst vor den drei Kindern ein. Ganz langsam kam er zum Wagen, ging aber noch mal an den Kofferraum. Wollte er sich hier freiwillig vertrimmen lassen?

„Haydi Baba!" (Na los, Papa!), sagte Cem ungeduldig. Sie lauerten noch immer, aber es wirkte wie die Ruhe vor dem großen Tsunami. Ich sah, dass keiner von ihnen Schuhe anhatte, was bei den kleinen Steinchen auf der Straße eigentlich weh tun musste. Es wurde ganz plötzlich bitterkalt, und mir war auf einmal kotzübel. Ob Papa

auch so ausgesehen hatte als Kind? Dann schnappte sich der große Dünne etwas und warf es in unsere Richtung. TACK! machte es an der Autotüre neben Cem. Das war ein dicker Stein!

„Hey!", rief Papa so energisch und bedrohlich er nur konnte.

„Sigara, sigara!", schrie erst der Große, dann alle drei wie auf einer Demo. Dann holten alle drei aus und warfen Steine in unsere Richtung. Cem und ich vergruben unsere Köpfe auf den Knien. Tack, tack … tack! Papa knallte den Kofferraum zu und wollte die Fahrertüre schnell aufmachen, da zog er seinen Kopf tief zwischen die Schultern und fasste sich mit schmerzverzerrtem Gesicht ans linke Ohr. Blut strömte an seiner Hand herab. So schnell er konnte, stieg er in den Wagen und wühlte hastig in seiner Hosentasche nach dem Autoschlüssel.

Tack, tack, trommelte es an das Auto, unzählige Male! Wummm. Endlich sprang der Motor an, und Papa fuhr mit quietschenden Reifen los, todesmutig und ohne Hupzeichen in die nächste kleine Bergkurve, bis wir kein Tack mehr hörten, die tollwütigen Wölfe nicht mehr sahen. Ich konnte im Spiegel Papas Gesicht sehen, er war blass und sein Blick fast wirr, unruhig sah er noch öfter hastig in den Spiegel, als hätten die Wölfe noch eine Chance, uns einzuholen. Mutter wischte schnell mit Feuchttüchern sein blutiges Ohr sauber, dann hielt er ihr seine blutverschmierte Hand hin. Wir schwiegen alle lange, und der kurvenreiche Berg forderte schnell wieder die ganze Konzentration von Papa und Cem. Ma setzte ein paar Mal an, um Papa zu fragen, warum er nicht gleich ins Auto gestiegen war, so dass wir abhauen konnten. Der Versuch, eine Erklärung zu bekommen, verlief aber total im Sande. Erst als wir in der Nähe von Ispir waren, schnaufte Papa einige Male durch, und seine Gesichtszüge entspannten sich. In dem Dörfchen Ispir gab es nur wenige Häuser entlang des Flusses Corum. Wir fuhren weiter über verschlungene Wege und gelangten schließlich wieder etwas talabwärts in eine Gegend mit terrassenartigen Wiesen, auf denen Kirschbäume wuchsen. Straßen waren schon lange nicht mehr als solche zu bezeichnen. Wieder etwas bergauf, und wir waren an einer der wenigen Hütten angekommen! Die Schwindel erregende Spirale hierher hatte in dieser Höhe ein Ende. Wir waren auf dem Dach der Welt, so kam es mir vor. Beim Aussteigen begutachtete Papa nur kurz die kleinen Beulen von den Steinen, es waren etliche an der Autotüre links. Nach unserem Auto zu urteilen, mussten wir durch ein Kurdenkampfgebiet gefahren sein.

Als wir auf die Hütte zugingen, verlangsamten Mama, Cem und ich plötzlich wie abgesprochen unseren Schritt, und ich spürte eine große Anspannung, während Vater allein auf die einsame, schäbige Hütte zuging und klopfte. Das musste ein Scherz sein, wer sollte hier im einundzwanzigsten Jahrhundert leben, außer vielleicht ein Esel oder zwei?! Die Lehmhütte sah aus wie ein Stall, aber da stand es plötzlich, das arme Ömchen. Hier, hiiieeeer lebte sie!? Blass sah sie aus, wie zusammengeschrumpft, so klein. Sie lächelte langsam aber dafür immer breiter und umarmte zuerst wortlos Papa. Verfallen wirkte sie, wie ihre Hütte. Tränen schossen mir in die Augen. Oma machte schlagartig ein ganz ernstes Gesicht und verpasste Louis einen ziemlich robusten Wischer auf den Hinterkopf:

"Niye gec geldin he?! Döverim he. Hosgeldiniz oglum, hosgeldiniz cocuklar." (Wieso kommst du so spät? Ich haue

dich … Willkommen mein Sohn, willkommen Kinder!)

Dann lächelte sie wieder, scheu und irgendwie verschlagen aber auch gewinnend, so wie ich es kannte. Irgendwie tröstete mich dieses bekannte Rotzgören-Lächeln.

„*Merhaba Anne*", sagte Papa ebenso schüchtern und legte seinen Kopf ein wenig zur Seite. Ich bekam in diesem Moment eine Ahnung davon, wie er als Kind gewesen sein musste. Dann herzte Oma uns, und ich war überrascht, hatte ich sie doch viel zurückhaltender in Erinnerung. Ihre Nase war auch gar nicht so hässlich, wie in meiner Erinnerung. Die von innen noch winziger wirkende, dunkle Lehmhütte war spärlich mit Kerzen beleuchtet. In welchem Jahrhundert lebte die Mutter meines Papas?! Wir setzten uns auf zu kleine, kaputte Bastkonstruktionen. Oma machte Tee, und Pa versuchte zu plaudern, erzählte, wie die Fahrt gewesen war, und von den Jungs, die uns vorhin mit Steinen beworfen hatten. Mama passte von uns allen am wenigsten in diesen Kreis, mit ihrer modischen Frisur, nur noch sparsam geschminkten Augen und Mund, der engen Röhrenjeans und der eher feinen rosa Bluse. An ihrem schlechtesten Tag wäre sie hier noch völlig overstyled gewesen. Als Louis nicht weiter wusste, weil Oma ein wenig einsilbig war, half Mama auf geschickte Art, dem Gespräch ein bisschen Schwung zu geben, manchmal lächelte sie einfach freundlich in die Runde. Bei Oma war also Pause von der Eiszeit zwischen unseren Eltern. Interessant.

Ich konnte mich auf nichts konzentrieren, immer wieder dachte ich: hier lebte sie?! Hier lebte sie auch im Winter? Auf zwölf Quadratmetern mit dem Nötigsten, auf kaltem Boden. Diese Hütte hätte mir mit Nico und Max höchstens als Waldhütte im Sommer Spaß bereitet. Cem sagte auch nichts und wirkte nachdenklich. Das passte nicht zu ihm, er schien genauso von den Socken gehauen wie ich. Als wir den unglaublich bitteren Schwarztee tranken, fragte ich mich, wo wir hier überhaupt schlafen sollten. Oma schien nicht fassen zu können, dass wir wirklich da waren, und kniff Papa immer wieder überfallartig in die Wange. Ich war beruhigt, dass sie nicht so ein Drachen war. Hier also kam Vater her. Ohne Seitenausgänge und Fluchtwege. Bei dem Gedanken, dass wir hier länger ausharren mussten, überkam mich mehr und mehr ein Gefühl der Enge, gepaart mit heftigen Fluchtreflexen: Weg, weg, weg hier aus diesem dunklen, kalten Stall, dachte ich nach der Lähmung der ersten Minuten.

Trotzdem, diese Hütte, meine zerbrechliche Oma, die hier so einsam zu sein schien, all diese Bilder waren bereits sicher in meinem Herzen gespeichert. Jetzt gab es keine Ausflüchte mehr. Ich hatte mir so sehr gewünscht, mehr über Vaters Kindheit zu erfahren, aber ich ahnte nicht, dass ich das alles hier in dieser Hütte und in einer einzigen Schockdosis erhalten würde. Ich war so gar nicht vorbereitet darauf und verschloss notfallartig die Eindrücke in einem Sonderraum meines Herzens. Dort waren sie erst einmal gut verstaut.

10. Von Kirschen und Plumpsklos

Am nächsten Morgen war die Welt kühl. Der Boden der kleinen Hütte, auf dem wir letztlich doch irgendwie zu fünft die Nacht verbrachten, war sehr kalt, trotz Isomatten. Ich war als Erster wach. Es zog mich sofort raus, und um niemanden zu wecken, schlich ich mich geschmeidig und leise wie eine Katze aus der Hütte. Schon die ersten Schritte in der morgendlichen Sonne taten gut, und der Blick auf die hügelige Landschaft wirkte wie eine Riesenportion Balsam. Ich entfernte mich nicht weit. Der Fluchtreflex vom gestrigen Tag war über Nacht deutlich geschrumpft. Luft, atmen! Meine Brust war wieder federleicht. Was so ein neuer Tag bewirken konnte! Dann kam Cem raus.

„Na Kleiner? Wie hast du geschlafen?“, fragte er mit sanfter Stimme und sah mir lächelnd in die Augen.

„Ach, ganz gut. Besser, als ich dachte.“

Er nickte, und ich fühlte mich Cem heute Morgen besonders verbunden. Ma, Oma und Papa wurden fast gleichzeitig wach, und wir wanderten etwa zehn Minuten bergab mit einer Decke, einem bunten Obstkorb und anderen Leckereien, um auf einer saftigen Wiese zu frühstücken. Die Luft roch frisch nach Kiefern, die Bienen summten, man hörte das wilde Rauschen des Corum-Flusses. Die noch immer stockenden Gespräche der „Großen“ störten mich beim Picknick kaum noch. Der eine oder andere Bauer kam am Weg vorbei und grüßte Oma Hatice. Sie sahen immer wieder zu uns rüber, wir fielen hier auf wie Eskimos in einem Westernsaloon. Das selbstgemachte, pideartige Brot von Oma war ein Knaller, so weich und frisch! So gutes Brot hatte ich noch nie gegessen. Ein Mensch, der so zu backen verstand, konnte nicht übel sein! Auch der Schafskäse schmeckte viel besser als der von Aldi - würziger, saftiger. Oma litt hier offensichtlich keinen Hunger. Sie streichelte mir einige Male übers Haar und zwinkerte Cem mehrfach herzlich zu. Aber irgendwie sprang der Funke noch nicht so recht über.

Nach dem Frühstück gingen wir zu den terrassenartigen Wiesen unweit von Omas Hütte. Hier waren überall Kirschbäume. Ein Meer von Kirschbäumen! Fast wie im Paradies. Ich aß süße Kirschen, bis ich Bauchschmerzen hatte. Cem war immer noch gut drauf, die Gelegenheit musste ich nutzen:

„Wie findest du eigentlich den Jan Mühlhausen, Cem?"

„Wie kommst du Flappes denn jetzt auf deeen? Iss Kirschen und halt die Klappe!"

„Ich wollte auch mal zu dem. Genug gespart habe ich jetzt. Der kostet so zwanzig Euro, oder was hast du das letzte Mal bezahlt? Jedenfalls hat der Timo so die Seiten ganz kurz, oben etwas länger und dann so wuschelig nach vorne, etwas seitlich gestylt. Das finde ich total geil! Das kriegt der Mühlhausen sicher hin, oder?

„Ja, ja, du willst also Frisurenexperimente ... mit deinen satten elf oder zwölf?! Oder warst du sieben? Manchmal denke ich, dass ich dir ein, zwei Kopfnüsse zu viel verpasst hab'! Oder zu wenig? hehe!"

Cem war ziemlich belustigt, kniff mir mit zwei Fingern in die rechte Wange und schüttelte sie hin und her.

„Wieso, du hast doch auch eine Strähne im Haar?"

Er lachte nur laut auf.

„Aähh ... duzt du den Herrn Mühlhausen eigentlich auch?“

Das *auch* war mir rausgerutscht! Cem merkte aber nichts.

„Was? Die Sonne ist doch noch gar nicht so heiß Bruderherz! Hör auf, mich mit so einem Scheiß zu löchern. Was ist denn mit dir heute los? - Da haste noch 'ne Kirsche!“

Er pflückte eine Kirsche und versuchte sie mir in den Mund stopfen, ich drehte mich ab und merkte, dass ich so nicht weiter kam mit meiner detektivischen Arbeit.

Mit vollem Bauch brachen wir schließlich auf. Zunächst setzten wir Oma wieder zu Hause ab, um im nächsten Dorf Freunde von Papa zu besuchen. Bei einer etwas besseren Steinbehausung blieben wir stehen. Hier wollte Louis hin.

„Merhaba Saliye benim, Ömer!“ (Hallo Saliye, ich bin`s, Ömer), sagte er zu einer Frau, etwa Mitte Vierzig, die uns die Tür öffnete. Sie stutzte lange, erst nach einer Weile fiel bei ihr der Groschen, und sie begrüßte Pa schließlich mit einem ewig langen *Öööööömär!,* überschwänglich. Tja, nach über dreißig Jahren, mit einer Halbglatze und einem Medizinball unter der Brust, war nicht mehr viel von dem kleinen, zierlichen Ömer mit den seidig-welligen Haaren zu erkennen. Nach den Bildern, die ich von ihm kannte, hatten sich seine Augen nicht verändert, und dieser scheue Blick mit dem leicht geneigten Kopf auch nicht. Ihr Mann, Papas bester Freund aus Kindertagen, war mit seinen vier Kindern im Dorf, sie würden gleich zurückkommen. Sie ließ uns nicht gehen, die Frau mit dem kitschig bunten Blumenkleid und dem notdürftigen Kopftuch. Ich hätte nicht gedacht, dass es hier im Umkreis von hundert Kilometern auch nur den Ansatz von Wohlstand geben

konnte, Häuser aus Stein! Wir setzten uns auf die natürliche Terrasse davor. Die Frau machte den kniehohen Kupfertisch parat, und wir erhielten erneut ein üppiges Frühstück serviert, mit allem, was das Herz begehrt. Vor allem Kirschen, Kirschen, Kirschen ...

Herrenlose Katzen und Hunde gesellten sich zu uns, es war wunderschön hier, zwischen den unzähligen Kirschbäumen. Ich begann mich langsam sogar wohl zu fühlen. Es wurde schnell Vormittag, und Cem flüsterte:

„Hey, musst du auch so dringend mal scheißen? Ich will aber nicht auf so ein Plumpsklo!"

„Ich auch nicht, auf keinen Fall!!!", sagte ich postwendend. Ich konnte schon seit Tagen nicht auf Toilette gehen, und mir ging es nach den vielen Kirschen und dem Doppelfrühstück magentechnisch gar nicht gut. Es rumorte in meinem Bauch, und der ein oder andere *sütilac* bahnte sich ungewollt den Weg.

„Verdammt Tüteken!? Hast du eine Idee, wo wir mal ordentlich und in Ruhe ...!?"

„Vielleicht da oben irgendwo."

Ich zeigte auf einen Berg gegenüber, wo einige dichte Sträucher wuchsen. Dann schaute ich mich um und sah die Klohütten im Garten. Nein, auf keinen Fall, dachte ich. Als Cem meinen Blick sah, sagte er verschwörerisch:

„Eher kommt mir der Scheiß zum Mund raus, aber in so eine Hütte gehen wir nicht!"

Wir schmiedeten einen Plan, während sich Papa zurücklehnte und mit der resoluten Dame Neuigkeiten austauschte. Was macht Aylin? Was ist aus Mehmet geworden? So ging es die ganze Zeit.

Nach einer Weile waren Cem und ich uns einig, es sollte dieser Berg gegenüber sein. Der Berg der Befreiung, der letzte Berg vor Heiland! Wenn man einmal den Gedanken zulässt, müssen zu müssen, dann wird alles plötzlich dringlicher. Bevor Cem mich angesprochen hatte, konnte ich es irgendwie unterdrücken, das ging jetzt gar nicht mehr! Wir besorgten unauffällig Klopapier aus dem Wagen, und Cem sagte, wir würden etwas *spazieren* gehen. Wir liefen und liefen diesen Berghügel hinauf, getrieben vom Druck. Das Bergaufgehen verschlimmerte aber alles. Jede Sekunde konnte es zu spät sein! Schlangen und ähnliches Getier erschienen mir nicht mehr als Bedrohung, auch wenn sie unter jedem Stein und Gebüsch hervorschleichen konnten. Meine panische Angst vor Schlangen, war nichts im Gegensatz zur panischen Angst vor der Blamage, in die Hose zu machen. Auch Cem merkte man den Druck mittlerweile an, ich hörte keinen Scherz mehr, keine einzige Neckerei.

„Schneller, gib Gas! Schneller!", sagte er in einer Tour.

Wir fanden schließlich ein Gebüsch in den Bergen, das Sichtschutz zu bieten schien und würdig genug war, eine Original-Yemer-Marke zu verkraften - erst Cem, dann ich. Nacheinander, weil einer Schmiere stehen musste, falls jemand um die Bergecke kam. Niemand durfte uns sehen, als ob es in dieser armen Gegend keine anderen Probleme gab - ins Gebüsch scheißen war hier sicher das geringste! Ich setzte mich und spürte erst jetzt, dass mein T-Shirt nass vor Schweiß war, klatschnass, dass mein Herz hart und schnell vor die Brust hämmerte. Dann musste ich endlich nicht mehr alles anspannen, ich konnte loslassen … und spürte langsam, wie sich die Erleichterung durch meine Adern, Muskeln und Organe ausbreitete wie eine warme, schöne Welle. Es war himmlisch! So eine Kleinigkeit konnte happy machen. Wenn ich einmal auf dem Sterbebett liege und mein Leben wie ein Film an mir vorbeilaufen sollte, werde ich mich sicher auch in diesem Sommer mit Cem zusammen scheißend auf dem Berg sehen. Wir gingen irgendwie stolz zurück, als ob wir den zweiten Weltkrieg alleine entschieden hätten.

Mama fragte mit einem Augenzwinkern:

„Na, habt ihr bisschen Klettertour gemacht?"

„Ja, ja", sagte Cem lächelnd. Hatte sie uns vielleicht gesehen? Hatte sie alles gesehen?! Vater unterhielt sich bereits angeregt mit seinem alten Freund, die Familie war inzwischen komplett. Wir spielten mit den Kindern Murmeln, und Mutter unterhielt sich – jetzt auch schon kopftuchbedeckt – mit der Frau des Hauses. Mit dem blutroten Kopftuch sah sie aus wie ein Kanarienvogel, dem die Flügel an den Körper gebunden waren. Ihre braunen Mandelaugen und der fast perfekt in das weiche Gesicht gemeißelte Mund wirkten wie in einen viel zu engen Rahmen gezwängt. Die Kinder des Paares, Mesut und Merya, hatten Power. Sie waren so anders als die Kinder vom gestrigen Abend, offen und herzlich. Der größte Junge, namens Ali, hatte dieses gewisse Funkeln in den Augen, ähnlich wie Levent. Allein in seiner Nähe zu sein, machte Spaß.

Nachdem ich anfangs von der Armut so geschockt war, bemerkte ich diese schon am zweiten Tage kaum noch. Ich war sogar froh, dass wir an diesen Ort gekommen waren, froh mit Ali zu spielen, so eine wilde Natur zu erleben. Nur Vater wirkte wieder ernster und traurig. Cem und ich gingen weiterhin auf die Natur-Toilette, und es wurde vom kleinen Abenteuer immer mehr zu einer Art Ritual zwischen uns.

An einem Sonntag, glaube ich zumindest, denn die Wochentage zählte ich im Urlaub nie, verbrachten wir endlich mal einen Tag am wilden Corum, worum ich Pa immer wieder gebeten hatte. Cem und Pa waren schon im Wasser, als ich auch in das eiskalte Nass sprang. Der Fluss hatte eine ziemliche Kraft, die Strömung zog mich in Richtung Tal, und ich musste mich anstrengen, zu ihnen in die Mitte des Flusses zu gelangen. Nur noch wenige Meter, das würde ich schaffen, dachte ich. Cem sah jetzt zu mir rüber, und ich konnte nicht mehr zurück, obwohl es immer schwerer wurde voranzukommen. Ich kraulte und kraulte! Dann versuchte ich noch ein cooles Lächeln Richtung Cem und schluckte prompt Wasser. Kraulen war noch nie meins gewesen, und jetzt zog es mich weiter talabwärts. Langsam kroch Verzweiflung meinen Hals hoch, aber ich ließ mir nichts anmerken, irgendwie dachte ich, ich würde es noch schaffen, aber zwischenzeitlich war ich weiter abgedriftet, die Strömung wurde noch kräftiger und meine Power ließ nach. Meine Schultermuskeln brannten, und dann geriet ich von jetzt auf gleich in Panik.

„Imdaaaatt!", explodierte ich, schrie aus voller Kehle. Ich konnte noch erkennen, dass Papa und Cem gleichzeitig losschwammen. Dann kämpfte ich allein mit dem Corum, sah nichts mehr, Panik und Wasser umgaben mich von der Zehe bis zur Haarspitze. Es kam mir vor, als ob die Zeit etwas Fassbares würde, so unnatürlich. Ich hatte das Gefühl, dass das Wasser mich spielend und ganz nebenbei in seinen Todesgriff nahm. Immer wieder gelang es mir kurz aufzutauchen, mich aus den Klauen des Wassers zu befreien, Luft zu holen. Doch dabei merkte ich, dass ich

weit abgetrieben war, hatte keine Hoffnung mehr, bis ich plötzlich eine Hand spürte, die voll zupackte, dann eine zweite aus einer anderen Richtung. Dann herrschte Stille.

Als Erstes spürte ich wieder die kleinen Steine in meinem Rücken – fester Boden um mich! Ich merkte dass jemand seine Lippen fest auf meine presste, und sah erst langsam, dass Papa über mir schwer arbeitete. Dann spürte ich Schmerz, einen Moment später Leichtigkeit, ich schnappte nach Luft und konnte wieder hören.

„Kaaaan, Kaaan!", schrie Mama.

Ich sah Cems Kopf über mich gebeugt und ertrank für eine Sekunde in seinen riesigen, halboffenen Augen. Er sah tieftraurig aus. Einmal Corum, der Wilde, und nie wieder.

Nach dem Badeunfall vergingen die weiteren Tage wie im Flug, und schon war der letzte viel zu schnell gekommen. Nach diesen fast zwei Wochen hatte sich mein erstes Schockbild von Omas Hütte zwar nicht total aufgelöst, aber ich fand es schön hier und fühlte mich wild und frei. Ali, Merya und Mesut waren erfrischend wie die Natur hier, wie der Corum, wenn er nicht gerade kleine Jungs fraß. Bevor wir nach Ispir kamen, war die Fahrt hierher für mich nur ein Umweg gewesen. Aber nun hatten wir hier so Besonderes und Überraschendes gesehen und erlebt.

Aber wie so oft in diesem Urlaub hieß es wieder: Auf ein Neues, Aufbruch! Es ging weiter Richtung Meer, Richtung Ägäis. Das Einzige, was uns noch von ihr trennte, war die lange Fahrt.

Wir verabschiedeten uns von den lieben Menschen in Ispir. Als ich Oma Hatice umarmte, spürte ich wieder diese merkwürdige Entfernung. Ihr Körper war so steif.

Komisch, diese Oma, als ob es die letzten Tage nicht gegeben hätte! Ich setzte mich ins Auto und öffnete gleich mein Fenster. Sie stand ganz ruhig neben meiner Tür. Dann strich Oma mir sanft über die Haare, was mich so verwunderte, dass ich ein wenig zurückzuckte. Dabei freute ich mich eigentlich sehr darüber. Jetzt sah sie mir zum ersten Mal fest in die Augen und setzte für einen klitzekleinen Moment wieder ihr Rotzgören-Lächeln auf, und mir wurde gerade klar, dass Papa die Augen meines Ömchens geerbt hatte. Wie ferngesteuert griff ich nach ihrem knorrigen Puppenhändchen, küsste es noch einmal, wie es Sitte ist. Als Cem und ich ihr so lange wie möglich aus dem Auto winkten, stand sie noch lange da, schaute uns hinterher und winkte zurück. Sie wirkte so ruhig. Mein kleines Ömchen wurde immer kleiner in der Heckscheibe des Peugeot. Alles schien in Ispir gut zu sein, obwohl mich am ersten Tag alles so erschreckt hatte. An diesem Morgen war die Luft noch frisch, ein letzter Gruß an den frechen Corum, und es konnte weitergehen.

Die ersten Stunden redete kaum jemand ein Wort im Auto. Die Eindrücke waren so bunt und überraschend, noch gar nicht sortierbar. Als ich Vaters Augen im Rückspiegel sah, hatte ich den Eindruck, dass wieder diese graue Trauerwolke über ihm schwebte. Schon mit der ersten Umarmung von Oma Hatice hatte er wie ein Kind gewirkt, hatte all die Tage oft den Kopf so komisch zur Seite gekippt wie ein kleiner Junge! Was auch immer hier mal geschehen war, es schien noch tief in seiner Haut zu sitzen. Aber vielleicht hatte es hier in Ispir eine kleine Phase gegeben, in der er trotz Armut glücklich gewesen war, genau das hatte machen können, woran er Spaß hatte? Es schien hier jedenfalls eine Art Happiness zu geben, die man ganz umsonst haben konnte. Ali, Merya und Mesut wirkten kein bisschen weniger glücklich als Nico, Max und ich. Vielleicht hatte Pa hier noch einmal nach schönen Momenten graben wollen, die er irgendwo auf dem Weg von Ispir nach Hückelfürth verloren hatte, und vielleicht hatte er in den letzten Tagen ein paar davon wiedergefunden?

11. Richtung Ägäis

Die erste große Rast machten wir im Glutofen Mersin. Fünfundvierzig Grad Celsius. Wir hielten an einem Restaurant: Toiletten! Es war komisch, aber die europäischen Toiletten zu benutzen, machte mich gar nicht so happy, wie ich gedacht hatte. Irgendwie war ich sogar ein wenig enttäuscht. Die Naturtoiletten-Touren mit Cem waren anstrengend gewesen, hatten aber viel für sich gehabt.

Vater klagte während der Fahrt mehr und mehr über Schmerzen am Schienbein, und als ich sein Bein sah, erschrak ich: Es war dick, Blut und Eiter sickerte schwerfällig wie Lava heraus. Es sah aus, als ob es längst hätte amputiert werden müssen! Aber Louis wollte dennoch weiterfahren.

Ich konnte seine Angst vor einer Arztdiagnose gut verstehen. Also fuhren wir weiter, bis es gar nicht mehr ging und er noch nicht einmal mehr gefahrlos das Gaspedal betätigen konnte. In Alanya ging er schließlich zu einem türkischen Medizinmann. Ich hatte ohnehin nicht viel Vertrauen in türkische Ärzte, aber mein Vertrauen wurde total erschüttert, als ich die verrostete Eingangstüre sah, durch die Pa allein hineinging. Ich hatte plötzlich Sorge um ihn. Als Pa eine gute halbe Stunde wieder aus dieser vertrauensvernichtenden Rosttüre heraustrat, waren wir zunächst erleichtert. Man hatte ihn wieder auf freien Fuß gelassen – demnach hatte er wohl zumindest nichts Ansteckendes!

„Der Arzt war nett. Er hat sehr lange mit so einem besorgten Gesichtsausdruck auf die Wunde gesehen und sagte, mich hätte ein *undefinierbares Insekt* gestochen. Dem

Gift nach zu urteilen, sei dieses Insekt jedenfalls fähig gewesen, meine Lebenskerze ordentlich zu verkürzen. Wenn ich nur einen Tag später gekommen wäre …"

Keiner sagte etwas. Papa zeigte sich erleichtert, da er nur eine Salbe und viel Ruhe verordnet bekommen hatte, ansonsten aber nicht eingeschränkt war. Er wurde nun erstmals zu einer Rallye-Pause gezwungen. Wir checkten in Alanya in einem kleinen Hotel namens *YALOVA* ein. Ein gut aussehender Schlacks, um die dreißig Jahre alt, lächelte uns gewinnend vom Rezeptionstresen an. Ich schaute mich draußen ein bisschen um und musste grinsen, als ich direkt gegenüber vom Hotel eine Pension entdeckte, über deren Eingangstüre in Leuchtschrift *Almanya* prangte. Ich grinste in mich hinein. An der Pension gab es einige Parkplätze, und plötzlich registrierte mein Auge ein rotes Gefährt zwischen zwei andersfarbigen. Rot!

Sportwagen war der nächste Geistesblitz, und gleichzeitig spürte ich ein Stechen in der Magengegend. Ich bekam kaum Luft. Erst als ich mich wieder zur Vernunft zwang, sah ich, dass der Sportwagen ein aufgemotzter Dreier-BMW war. Ich war von mir selbst total genervt. Was waren denn das für Hallus! Ich holte tief Luft. Wie gut, dass ich niemandem irgendetwas von diesem Mühlhausen erzählt hatte, den ich weder in Hückelfürth noch in Cochhausen oder sonst wo je wieder sehen wollte.

Nachdem ich mich beruhigt hatte, ging ich wieder in die sichere Zone, den Innenhof vom Yalova-Hotel. Das zweistöckige Gebäude war überall mit pinkfarbenen Blumen übersät, keine Ahnung was für eine Sorte, aber sehr schön! Schon wegen des Blumenmeeres hatte das Hotel bei mir gewonnen: Es sah geil aus, direkt am Meer gelegen. Endlich Meer.

Der helle Sandstrand war nicht so übervölkert. Einige Surfer waren zugegen, insgesamt recht unspektakulär. Kaum umgezogen, legten sich unsere Eltern an den Strand. Vater erholte sich langsam aber sicher im Liegestuhl. Man hätte jetzt ein Foto von ihm schießen können und hätte das typische Bild der kommenden Tage gehabt. So da liegend, wechselte er von einer fiesen Stimmung nahtlos in die nächste. Von hektisch-gereizt zu einer depressiv-ätzenden Eidechsen-Lauerstellung. Sobald sich im Dunstkreis des gelben Liegestuhls jemand auch nur einen Hauch von Unhöflichkeit erlaubte, schleuderte er seine giftige Zunge raus: fangen - einseifen. Er hatte all die Tage nicht einen lichten Moment. Das hieß: Fernbleiben, wie von einem umzäunten Armeeareal.

Mutter lag wie immer in der knallheißen Sonne wie ein Salamander, dem es kalt wird, wenn die Temperatur knapp unter vierzig Grad fällt. In ihrer Regungslosigkeit war sie wirklich schmerzlos. Die Megatemperaturen entlockten ihr höchstens ein müdes Lächeln. Das hatten Cem und ich nicht geerbt. Ich trank Cola wie ein Kamel, was die Bullenhitze eher noch unerträglicher machte, und hielt mich dauernd am und im Meer auf. Cem durfte sich seit neuestem am Surfbrett versuchen und machte einen Anfänger-Kurs. Hier gab es eimerweise Ruhe, so dass ich mich allmählich dabei ertappte, sehnsüchtig an die dritte Welt zu denken, in der wir noch vor Kurzem herumgelaufen waren. Vielleicht hätten wir doch lieber noch einige Tage in Ispir bleiben sollen? Im Yalova waren keine gleichaltrigen Kinder, geschweige denn so nette wie Ali. Diese fünf Tage Rentnerwellness hier waren mit Abstand die unspektakulärste Zeit der letzten Wochen.

Louis - und diesmal nicht nur ihn - packte die Unruhe

wieder. Koffer in den Wagen schmeißen und schon um fünf Uhr früh Abfahrt Richtung Kusadasi, an die Ägäis. Wieder Hunderte von Kilometern, am Meer entlang. Tankstellen, Staus, Abgase, verrückte Überholmanöver, Raststätten, Schnellstraßen, Autobahnen, Dorfwege, Land- und Stadtgrenzen, immer wieder. Unser anatolischer Rallyefahrer wirkte wie getrieben von Dämonen, die ich nicht kannte, deren Anwesenheit man aber doch irgendwie spürte.

Als wir ankamen, checkten wir in unserem Lieblingsmotel „Holiday Camp" ein. Es war schön, wieder etwas Vertrautes um sich zu haben. Das Motel lag nur zweihundert Meter vom Meer entfernt. Ich stand an unserem Zimmerfenster und konnte die meterhohen Wellen sehen, freute mich darauf, in den nassen Spaß zu jumpen.

Ma frönte auch hier gleich weiter ihrem persönlichen Sonnengott und ertrug Papas motzige Launen mit endloser Geduld. Louis war mittlerweile wieder in Topform. Aktuell zog er die etwas aggressive Tour durch, da er anscheinend kaum noch körperliche Leiden hatte. Die Infektion, oder was auch immer dieses Bein so deformiert hatte, war fast wieder abgeheilt. Jeden Tag lagen Ma und Louis zusammen am Strand, weniger als einen Meter voneinander entfernt, tranken ihr kühles Pils, oder sie saßen gemeinsam im Open-Air-Restaurant und schauten stumm auf das Meer. Wenn ich sie manchmal von weitem sah, versuchte ich, mir mit Phantasie einzureden, dass sie ein Ehepaar waren, das sich auch ohne Worte blind verstand. Doch immer, wenn ich mit ihnen am Tisch saß, merkte ich trotz der fünfunddreißig Grad Celsius wieder diese arktische Kälte zwischen den beiden. Cem und ich jedenfalls wollten uns diese Ferien nicht vermiesen lassen und konzentrierten uns einfach aufs Spaßhaben. Während unsere Eltern still vor sich hinbrutzelten, gingen wir meist unsere eigenen Wege am Strand, so weit dies möglich war. Mutter sah schon nach kurzer Zeit aus, als käme sie aus Uganda. Wir warteten und warteten sehnsüchtig auf Nursin. Er fehlte uns schon nach vier Tagen im Holiday Camp. Mit ihm war Lachen garantiert.

Eines Tages nach dem Frühstück verließ Pa urplötzlich die fiese Laune, als ob sich die Sonne mal durch ein dichtes Wolkenmeer durchgesetzt hätte. Cem und ich standen am Strand und beschmissen uns gerade mit nassem Sand, als er plötzlich wie von der Tarantel gestochen aufstand und auf uns zu kam. In unverhoffter Bärenlaune bewarf er mich mit Sand. Mit einem Yipieeeeeee! sprang er dann lautstark in die hohen Wellen! Spätestens jetzt kannten alle Motelbewohner Ömer Yemer. Wer sollte aus Louis schlau werden?! Waren es die Auswirkungen des kühlen Pils bei sengender Sonne? Egal! Wir sprangen sofort hinterher. Rauf und runter, auf die Wellen, in die Wellen. Nach einiger Zeit war ich erschöpft und ging zum Strand.

Ich beobachtete die zwei „Großen“ und sah, dass sie gerade einen echten Lachflash hatten. Ich war zu faul, rüber zu schwimmen und grinste von Weitem mit. Hui, die Wellen wurden auch immer größer. Das juckte die beiden wenig. Hm, da kam noch eine ziemlich gewaltige, wie 'ne kleine Wand. Das wäre nichts für mich!, dachte ich. Ich ging trotzdem noch einmal einige Meter hinein, aber nicht zu weit, drehte mich um und sah Mama im Liegestuhl schlafen. Und dann kam plötzlich diese unglaubliche Riesenwelle, ich weiß nicht ob zwei oder drei Meter hoch, aber noch einmal deutlich größer als alle vorherigen! Da ich nur bis zu den Oberschenkeln im Wasser stand, versuchte ich es mit Zurücklaufen Richtung Strand, drehte mich aber nochmals um:

„Cem, Papa, Achtung!"

Dann erfasste mich die Welle! Nach ein paar unfreiwilligen Saltos im Meer und gefühlten ein bis zwei Litern geschlucktem Salzwasser, tauchte ich endlich wieder auf. Wie ein Blitz flackerte in mir der Flutenkampf im Corum auf und ich erstarrte für einen Moment. Dann schaute ich nach den Beiden, die sich doch gerade noch vor Lachen überschlagen hatten. Sie waren nicht zu sehen! Sie waren noch immer unter Wasser! Eins, zwei, noch immer, drei, vier …!

„Mama, Mama wach auf, *Anne*!, schrie ich. Ich bemerkte nicht, dass die scharfkantigen Steine am Meeresboden tiefe Kratzer an meinen Armen und Beinen hinterließen. Plötzlich tauchte Pa auf und holte tief Luft. Keine Spur mehr von dem bebenden Lachen zuvor. Er suchte hastig im Wasser nach Cem. Ich rief: Papa!, doch er hörte mich nicht. Dann sah ich Cems Kopf, endlich! Keuchend. Beide kamen so schnell wie möglich aus dem Wasser, und ich lief erst zu Papa und dann zu Cem, der sich auf den Rücken schmiss, dann ein wenig erbrach, etwas Wasser mit sonst was. Als wir alle wieder zu Atem gekommen waren, gingen wir zu Mama. Sie schlief noch immer! Cem weckte sie und erzählte aufgeregt, was passiert war. Der Schrecken stand ihm noch ins Gesicht geschrieben. Jetzt hatte auch er sein Wassertrauma.

Einige der Abenteuer dieses Sommers hätte es echt nicht gebraucht, sie reichten locker für drei Urlaube. Was war nur los? Wer hatte uns verhext? Mein Bedarf an Aufregung war jedenfalls mehr als gedeckt.

Einige Tage später kam die Erlösung namens Nursin, der Grüne! Als ob er nie weggewesen wäre, war unsere erste Aktion am Nachmittag der gemeinsame Sprung in die hohen Wellen. Nursin schrie schrill: „Attacke!“ und warf sich in die Wellen, so dass auch der letzte Camp-Gast wusste, dass er dieses Jahr auch wieder da war. Nursin war zwar wieder uncool wie Heino, aber lebendig wie ein Feuerwerk.

„Hey, am Freitag gibt es eine Gaul-Tour, hoch zu den Felsen. Ich kann zwar nicht reiten, aber das wird sicher cool!“, sagte er aufgeregt. Wir lagen noch keine zwei Minuten am Strand, hatten uns gerade erst abgetrocknet. Cem beobachtete den Sand, den er langsam durch seine Faust rieseln ließ.

„Macht doch keinen Bock, wenn du auf 'nem Pferd nicht mal richtig abgehen kannst! So spazieren reiten habe ich keine Lust.“

„Ach, das lernt man schnell, ist sicher kinderleicht. Zügel festhalten, Arschbacken zusammenkneifen, damit man auch drauf bleibt und ab und zu mit der Hacke volle Suppe in die Seite des Gauls treten - kann doch jeder Hans, Mann! Du hast ja gar keinen Saft in den Knochen! Was sagst du, Kaan?“

„Ich kann auch nicht reiten, aber einer aus meiner Klasse hat mal gesagt, dass das ganz einfach ist.“

„Nursin, das kostet bestimmt viel Geld, und unsere Eltern zeigen uns einen dicken Vogel!“

„Quatsch! Nimm dir ein Beispiel an deinem Bruder, der kann noch nicht wichsen, ist aber nicht so eine Transuse wie du, komm sei dabei!“

Cem sagte nichts mehr, was hieß, dass er dabei war, und ich sowieso. Wir leerten unsere Portemonnaies, und

Cem kratzte Münzen und Scheine zusammen. Er lief zur Landstraße, wo dieser Typ von *Adventure Tours* mit seinem Pferd an einer Haltebucht stand. Nursin und ich sahen von Weitem zu, wie er den Ausritt durch die Felsenlandschaft klar machte, jedenfalls übergab er ihm Geld. Wenn das mal kein Fehler war. Ich bekam Schiss! Eine führerlose Rafting-Tour durch den Corum entsprach in etwa dem Gefahrenlevel dieser Kamikaze-Tour, was mir aber erst richtig klar wurde, als Nursin uns später die steilen Felsen zeigte, die es hinaufgehen sollte.

Am Freitagmorgen kündigte Cem Papa an, dass wir ins Dorfzentrum gehen würden. Mir war flau im Magen. Nursin pfiff vor sich hin und war bester Laune. Er hatte den Mut, den selbst Cem sich noch erarbeiten musste: mein Bruder war eigentlich mittlerweile braungebrannt, aber am heutigen Morgen wirkte er eher gelblich und redete kaum. Das beunruhigte mich noch mehr.

Wir gingen schließlich zu Zülfü, dem Führer. Der fragte nicht einmal, ob wir Erfahrung hätten oder so, begrüßte uns nur kurz, und es ging gleich los. Direkt auf diesen steilen Felsvorsprung. Ich wollte nicht kneifen. Ein Krankenhausaufenthalt war mir in diesem Moment lieber als vor den Jungs - die immerhin schon onanieren konnten - als feige zu gelten.

Wir ritten also los, steil bergauf. Als wir alle, wie durch ein biblisches Wunder, nach ewigen zwanzig Minuten den Fels unversehrt erklommen hatten, war ich fertig und nass geschwitzt. Ich hatte das Gefühl, mit dieser Misttour den größten Fehler zu machen und war drauf und dran, sie einfach abzubrechen. Scheiß auf die Feigheit! Mir war mein Kopf ohne Loch lieber!

Doch kaum oben, wollten Cem und Nursin auf einer staubigen Geraden auch noch ihr erstes Wettrennen durchziehen. Es ging mal wieder drum, wer der Tollere war. Musste das denn immer sein? Immer und immer! Ich war nur froh, noch gesund zu sein, und zog die Zügel fest an mich.

„Brrrrrr, brrrrr", sagte ich immer wieder leise und vorsichtig. Cem und Nursin fragten Zülfü erst gar nicht, sondern peitschten ihre Pferde vorwärts. Zülfü lachte nur. Was war an dem Irrsinn witzig? Ich hatte Recht, der Typ war durchgeknallt, dem war alles egal, und wenn er irgendeine Versicherung für seinen Kunden abgeschlossen hatte, dann war ich Rocky Balboa. Mit seinem zerfledderten bunten Poncho wirkte Zülfü wie ein Typ aus der Flowerpower-Zeit, einer, den man bei irgendeinem wilden Trip unterwegs vergessen hatte. Vielleicht war der Poncho aber auch von einem Mexikaner, der bei einer seiner Amoktouren umgekommen war. Zülfü hatte anstelle von Haaren ein schwarzes, verfilztes Vogelnest auf dem Kopf und runde, schwarze Augen, die offensichtlich nichts mehr erschüttern konnte.

Nursin schrie:

„Yahya, yahya!! Hey Jockey, ich bin ein Jockey, yahya!", und jagte hinter Cem her. Ich zog verkrampft die Zügel an, da meine Ayse auch mitlaufen wollte und unruhig wurde. Dieser fiese Cocktail aus verantwortungslosem Mexikaner, harten Bodenverhältnissen und den Pubertierenden hier verhieß wenig Gutes. Ich versuchte weiter, mein braunes Ayselein zurückzuhalten, aber auch sie fing jetzt an zu traben! Panik machte sich in mir breit, das Tier war so verdammt schwer. Mit aller Kraft versuchte ich, mein Pferd zu bremsen, bekam schon Krämpfe in der

Leiste und am Hintern. Meine panischen Stoßgebete wirkten. Gott sei dank, Ayselein ging nicht durch! Aber vor mir fing die Show erst an!

Cem schien sich auf dem weißen Gaul wohl zu fühlen, und ich sah ihn nur noch in einer Staubwolke davonpreschen. Naturtalent! Nursin gab seinem Pferd zwar immer weiter die Hacken zu spüren, saß aber sonst extrem steif darauf. Auf einmal bäumte sich sein Schecke auf! Was sollte das Pferd bei so einem Irren auch anderes tun? Nursin konnte sich nicht eine Sekunde halten und fiel knallhart auf den Hinterkopf. Autsch!, dachte ich. Hoffentlich war es nicht so schlimm, wie es aussah. Zülfü und ich beugten uns eilig über den gestürzten Helden, und der schaute noch verwirrter in die Gegend als sonst. Cem kam eilig zurückgetrabt. So versammelten wir drei uns um unseren traurigen und geschockten Nursin. Er saß noch immer wie ein Dreijähriger auf dem Boden und versuchte, einfachste Bewegungen seiner Hände und Arme zu koordinieren. Es sah aus, als ob er fremde Gliedmaßen studieren würde, leider zu dramatisch, um lauthals zu lachen.

Nach einer längeren Pause fragte Zülfü:

„*Hey, hey bizi tanidinmi?*" (Erkennst du uns?)

„Wo bin ich, wer seid ihr?", kam es zurück wie von weit, weit her. Er war wirr, sprach wie ein Betrunkener und hatte offensichtlich sein Gedächtnis verloren. Als er zeitlupenartig seinen Zeigefinger in meine Richtung hob und mit fremder, lallender Stimme fragte:

„Wer bist du? Was machst du denn hier im Staub?", konnten wir uns ein Grinsen doch nicht ganz verkneifen.

Auweia! Wie sollten wir das Tante Belek erklären? Das war nicht mehr der alte Nursin, der Grüne mit den tausend Fragen. Die Sonne knallte. Entweder hatte Nursin deutlich zu viele Gehirnzellen, dann waren diese nun auf ein normales Niveau reduziert, oder er hatte zu wenige, dann war dies hier nichts weniger als ein Drama! Den Rückweg absolvierten wir im Schritt-Tempo. Nursin saß mit dem bis über beide Ohren unterversicherten *Guide* auf einem Pferd und schaute belämmert in die Gegend. Ich machte mir echte Sorgen. Seine Maschinengewehrfragerei würde mir fehlen, wenn er aus diesem Dämmerzustand nicht wieder erwachte.

Tante Belek weinte sofort, als wir ihr sagten, was geschehen war, und Nursin auch sie nicht erkannte. Papa knöpfte sich Cem vor und warf ihm vor, dass er diese Tour nicht hätte machen dürfen, er sei doch alt genug und so weiter. Ich wurde verschont. Nursin musste ins Krankenhaus gebracht werden.

Als wir am nächsten Tag am Strand lagen, schrie Cem plötzlich: „AaaaHhhhhh!".

Ich bekam einen halben Herzinfarkt! Da stand Nursin mit einem leeren Wassereimer in der Hand, und seine riesigen Vorderhauer nahmen einen Großteil seines Gesichts ein.

„Na, Lust auf eine kleine Adventure-Tour, ihr Weicheier?!"

Nursin! Das Krankenhauspersonal hatte sich bestimmt beeilt, die Nervensäge loszuwerden. Gott sei dank war die Gehirnerschütterung nicht so schlimm, wie es anfangs ausgesehen hatte. Er erinnerte sich an etwa neunzig Prozent, erkannte seine Eltern und Freunde wieder. Ein kleiner Teil war verschütt gegangen, aber das juckte weder Nursin noch seine Eltern. In Anbetracht des geringen Schadens konnte man es sich endlich wieder leisten, offiziell über Nursin zu lachen. Das Schöne war, dass er es zu lieben schien, wenn man über ihn lachte, sogar dann, wenn er unfreiwillig komisch war.

In diesem Urlaub waren immer mal wieder ungewöhnlich dunkle Wolken aufgetaucht und hatten gedroht, sich in fürchterlichem Blitzen und Donnern zu entladen. Ein Sturm war bisher jedoch ausgeblieben.

12. Ein türkisches Finale Grande

Der vorletzte Tag des Urlaubs war angebrochen. Am Nachmittag ging ich mit Cem in Richtung Holiday Camp -Café, um dort meinen täglichen Koffeinrausch zu bekommen. Was hatte die Eifelmilch-Kur der letzten Monate also gebracht? Ich soff hier so viel Cola, dass meine leeren Zuckerdepots wieder prall gefüllt waren. Nursin wollte nachkommen, er hatte diese „geile Biene" gesehen, deren Laufwege er noch studieren musste, um sie dann an der richtigen Stelle abzupassen.

„Was findet der nur immer an diesen XL-Walrossen, hoffentlich spricht er die nicht wieder an! Wenn, dann haben wir die sicher wieder an der Backe, wie letztes Jahr dieses Stinktier namens Sebnem!", schimpfte Cem genervt.

„Weiß auch nicht! Zum Fußball ist sie jedenfalls nicht zu gebrauchen, und wenn dieses Bärenweibchen in die Wellen springt, löst sie 'ne Monsterwelle aus. Damit überschwemmt die den Strand, und Ma wird zum Tier. Du weißt ja, wie wasserscheu sie ist!", sagte ich verschwörerisch.

Ein bisschen einschleimen bei Cem schadete nie. Wir mussten befürchten, dass Nursin bei seiner „Biene" nicht lockerließ. So war es jedenfalls in der Regel. Und dann baggerte er so auffällig und mit so einem gierigem Blick, dass Cem und ich im Boden versanken und dann unter zusammengestotterten peinlichsten Ausflüchten die Beine in die Hand nahmen.

Auf dem Weg zur Toilette kam ich am Parkplatz vorbei. Ganz hinten, am Rand war das etwa ...? Nein, das war nicht möglich … Doch, ein roter Alfa! Auch wenn ich den Gedanken noch so sehr beiseite schieben wollte, es gab so wenige Autos dieser Art, dass sich die böse Vorahnung hartnäckig in mein Hirn einzeckte. Ich lief schneller und sah, dass es eindeutig dasselbe Modell war, welches Mühlhausen fuhr. Noch ein paar Schritte - die mir so schwer fielen, als ob ich Cems schwerste Hanteln am Fuß hängen hatte - und ich konnte eine Beule und einen dicken Kratzer erkennen. Beruhigend, denn Mühlhausens Auto war nicht beschädigt, jedenfalls nicht, als ich es zum letzten Male gesehen hatte. Mir fiel ein riesiger Tobleronehügel vom Herzen! Ich hatte doch nur wieder diese Hallus. Aber sicher ist sicher, dachte ich und wollte eben noch das Kennzeichen checken … Gerade war mir der Stein vom Herzen gefallen, aber die Unruhe bohrte schon wieder unter meiner Haut. In Trance bläute ich mir auf den letzten Metern ein, dass es nicht das Kennzeichen sein *konnte*, an das ich mich so gut erinnerte: GS – JM, seine Namenskürzel und die Nummer 200. Als ich direkt vor der Kühlerhaube stand, wummerte mein Herz fast bis zum Kinn. Langsam senkte ich meine Augen zum Nummernschild: GS - JM 200!!!

Ich sah auf die Beule, in den Wagen, dann noch mal auf das Kennzeichen. Er war hier! Mühlhausen war hier, in der Türkei, im Holiday Camp! Es lag definitiv Ärger in der Luft! So was von definitiv, definitiver ging es gar nicht mehr! Die Angst, dass dieser Mühlhausen Ärger machen könnte, saß seit seinem Streit mit meiner Mutter, den ich an der Grenze beobachtet hatte, tief in mir drin. Ich vergaß, auf Toilette zu gehen und spurtete zurück zu Cem.

„Cem, Cem, der Mühlhausen steht auf dem Parkplatz, sein Wagen …“, stotterte ich kurzatmig.

„Hey! Du siehst ja aus, als ob du Graf Dracüla begegnet wärst! Gaanz ruhig, also noch mal von vorne, was ist los? Wovon redest du?"

Die ganze Geschichte, alles was ich wusste, oder zu wissen meinte, sprudelte aus mir heraus wie eine Fontäne! Cem hörte aufmerksam zu und wurde immer blasser. Am Ende meiner Story sagte er einige Sekunden lang nichts — vielleicht konnte er sich das alles auch nicht erklären. Dann sah er mich beschwörend an, und seine braunen Augen wurden zu schmalen Schlitzen.

„Bist du dir sicher Kaan!!!? Bist du sicher, dass es Ma war und du die beiden streiten gehört hast?", fragte er aufgeregt.

„Ja, total sicher, glaub mir doch!", flehte ich ihn an, voller Angst, dass es vielleicht doch nicht richtig gewesen war, Cem einzuweihen. Er war aufbrausend! Aber Cem verfiel erstmal wieder in langes Schweigen, er runzelte die Stirn und sah zum Strand, wo Ma jetzt sitzen musste. Nach einer Weile sagte er im Brustton der Überzeugung:

„Ok, ich weiß, was jetzt zu tun ist! Ich suche den Typen auf, ich werde ihn finden, notfalls warte ich an seinem Auto auf ihn. Pa darf nichts erfahren, hörst du, nichts!"

Er beugte sich dabei so nah zu meinem Gesicht herunter, dass ich nur noch seine erschreckend entschlossenen, weit aufgerissenen braunen Augen sah.

„Glaubst du, dass das richtig ist Cem? Ich weiß nicht, was willst du Mühlhausen denn fragen, was willst du machen?", wendete ich unsicher ein.

„Erst mal zum Strand, ich sehe nach, wo die beiden sind. Dann warte ich am Auto von Mühlhausen. Dahin kannst du nicht mehr mit, Kleiner!"

Er marschierte Richtung Strand und ließ mich zunächst mitlaufen. Wilde Gedanken schossen durch meinen Kopf. Cem murmelte:

„Was meinst du was Louis macht, wenn er erfährt, dass dieser Mühlhausen Mama nachfährt he, Tüteken?! Ich muss was tun! Ich muss was tun …“

Wie ein Mantra wiederholte er das immer wieder. Er machte mir Angst. Ich habe Cem oft wütend gesehen, aber selten, vielleicht noch nie, so entschlossen! Er wirkte wie jemand, den ich gar nicht kannte, wie ein Agent auf einer gefährlichen Mission.

Wir sahen unsere Eltern - so friedlich es von Weitem eben wirken konnte - am Strand liegen. Alles o.k., weit und breit kein Mühlhausen. Wenigstens war die Katastrophe noch nicht eingetreten! Ob Mama auch schon wusste, dass dieser Stalker, Freund oder was auch immer, so weit gekommen war, dass er hier herumlungerte?! Es sah nicht so aus, sie lag seelenruhig am Strand, vertieft in ihren Job als Sonnenanbeterin.

„Geh zu Nursin, such ihn und lenk ihn ab! Sag ihm nichts von der Sache, hörst du, so kannst du mir helfen. Los geh, mach dir keine Sorgen, ich klär das irgendwie!“, flüsterte Cem und sah mich eindringlich an.

Ich ging los und suchte Nursin, suchte und fand ihn am Bistro. Er war gut beschäftigt, schlürfte eine Cola mit diesem Walross. Ich gab mich nicht zu erkennen und versuchte, mich schnell wieder an Cems Fersen zu heften.

Am Parkplatz angekommen, boten mir einige dichte Sträucher gegenüber von den Autos Deckung. Cem ging in der Nähe des Alfa auf und ab, auf und ab … Er stand immer noch unter Hochdruck.

Wie dreist von diesem Mühlhausen, hier auch noch zu parken! Was für ein Schwein!, dachte ich. Ich musste in meinem Versteck nur aufpassen, dass ich nicht rückwärts den Felsen hinunterfiel. Hinter mir ging es etwa fünf bis zehn Meter abwärts, erst bis zu einem Felsvorsprung, dann direkt ins Meer.

Die Zeit verging, und ich saß in Lauerstellung in meinem blicksicheren Versteck. Hier würde ich bis zum Ende ausharren, komme was wolle. Als eine geschlagene Stunde vergangen war, sah ich wieder zu Cem rüber, er kam mir ruhiger, nachdenklicher vor. Eine weitere Stunde, und unsere Eltern würden uns suchen. Das gemeinsame Abendessen um neunzehn Uhr war Pflichtprogramm. Vielleicht würde Cem dann die Aktion abbrechen, hoffte ich. Es musste einen anderen Weg geben. Vielleicht war alles nur ein Missverständnis, was wollte er hier mit Mühlhausen auch machen? Ich blickte auf das Meer und versank in düsteren Gedanken: Der Urlaub war doch fast zu Ende, es hatte einige unangenehme Erlebnisse gegeben, aber insgesamt war es doch ein schöner Urlaub gewesen. Ich hoffte, dass er so auch zu Ende gehen würde!

Ich dachte an Ma und was sie mit Mühlhausen zu tun hatte … Da hörte ich plötzlich Schreie und drehte mich sofort zum Parkplatz. Das Blut jagte durch meinen Körper, mein Herz schaltete von Gang zwei auf vier.

„Mühlhausen!“, schrie Cem. Und wieder: „Mühlhausen!“

Er stand wieder unter Dampf! Mist!

„Cem …“, entgegnete Mühlhausen verdutzt und deutlich leiser.

„Was haben Sie hier verloren! Was wollen Sie von meiner Mutter, hä! Verschwinden Sie!"

Cems Körper war ein einziger gespannter Flitzebogen, seine Augen weit aufgerissen. So hatte ich ihn noch nie gesehen. Mühlhausen versuchte mit Gewalt ein lockeres Lächeln, aber es wollte ihm nicht gelingen. Er stand vor Cem und redete so leise, dass ich fast gar nichts verstehen konnte. Cem schubste Mühlhausen. Es sah komisch aus, die zwei Meter Masse bewegten sich kaum. Mühlhausen hielt sich Cem vom Leib und sah sich immer wieder hektisch um. Cem schubste mit mehr Wucht und fletschte die Zähne, ballte die Faust und fuchtelte damit vor Mühlhausens Gesicht herum.

„Los, erklären Sie mir was Sie hier tun, warum lassen Sie uns nicht in Ruhe! Hä?!"

Nun antwortete Mühlhausen lauter:

„Ich..., ich will deiner Mutter doch nur helfen! Ich will doch nur helfen, bitte reg dich ab Cem, bitte! Ich erkläre dir alles, aber nicht jetzt, nicht hier."

„Hau ab, hau hier sofort ab, du Schwein!" schrie Cem, mittlerweile außer sich. Die Antwort schien ihn nur wütender zu machen, und er schleuderte die Faust hoch zu dem rotblonden Riesen!

Patsch!!!

Der hatte gesessen. Mühlhausen blutete sofort aus der Nase. Ich erstarrte. Jetzt setzte der große Mann seinen Körperumfang ein und umklammerte Cem mit aller Kraft. Cem versuchte sich aus dem Griff zu befreien. Mittlerweile standen sie auch viel zu nah an dem klapprigen Holzzaun, der den Parkplatz vom Abhang trennte. Instinktiv sprang ich hinter den Sträuchern hervor. Nach einem Dreißig-Meter-Spurt stand ich vor den großen Kampfhähnen und trat Mühlhausen mit voller Wucht gegen das Schienbein!

Cem sah mich kurz verdutzt an. Auweia, wenn Mühlhausen mich jetzt schlägt!, dachte ich nach meiner Aktion, und meine Knie wurden weich wie eine Daunendecke.

Aber Mühlhausen musste aufgrund des Schmerzes den Griff lockern, und Cem konnte sich endlich befreien. Ich trat einige Meter zurück, dachte, Cem flieht mit mir. Er blieb aber stehen, zu allem bereit, einige Leute waren mittlerweile aufmerksam geworden und brüllten irgendetwas aus einiger Entfernung. Cem nahm zwei Schritte Anlauf und trat Mühlausen an dieselbe Stelle am Schienbein. Der krümmte sich vor Schmerz und verpasste Cem diesmal mit einer Ohrfeige eine spürbare Antwort, bevor er ihn wieder umklammerte.

Cem schien wenig beeindruckt vom Gegenschlag, vielleicht weil Mühlhausen noch immer mit angezogener Handbremse reagierte, nicht mit voller Kraft. Der große Mann und mein erst halb erwachsener Bruder taumelten wie zwei Kolosse auf den Zaun zu. Cem konnte sich wieder loswinden und schlug einen rechten Schwinger, Mühlhausen zog den Kopf reflexartig zurück - daneben! Er schlug seinerseits wieder eine Ohrfeige, diesmal etwas wuchtiger, die saß! Cems Kopf flog nach hinten, und er krachte so in den Zaun, dass er darüber fiel und direkt den Felsvorsprung hinabrutschte.

„*Dikkat* Cem (Achtung)!", schrie ich mit aller Energie die in mir war, „*DIKKAAAT*!"

Es war zu spät. Er fiel und fiel.

„Aaaahhhhhh!", schallte es gespenstisch, und die Millionen Geräuschwellen drangen durch meinen Körper wie ein Messer durch warme Butter und strömten in meiner Brust zusammen. Sie wurde bleischwer und zog mich zu

Boden. Cem fiel mehrere Meter den Felsen hinunter! Ich stand wie neben mir und hörte mich schreien:

„NEIN! Nein. Cem!"

Als ob ich ihn mit Worten und meinen ausgestreckten Armen hätte halten können, schrie ich so laut ich konnte. Eins, zwei …, dann hörte ich ihn dumpf aufklatschen! Die Naturgesetze ließen sich nicht aufheben, nicht durch noch so einen tiefen Schrei. Ich stürzte an die Brüstung und sah, dass er nicht ins Meer gerutscht war, sondern scheinbar leblos auf dem Felsfuß lag. Ich beugte mich so weit es ging über den Zaun und schrie zu Cem hinunter:

„Cem, hörst du mich, kannst du mich hören, CEEMMM!!"

Dieser verdammte Scheißzaun. Diese Scheiß-Murksarbeit. Ich sah hinunter, dann zu Mühlhausen und hinunter und zu Mühlhausen … er blickte mit weit aufgerissenen Augen auf die Stelle wo Cem gestürzt war, näherte sich aber keinen Meter dem Zaun, wo ich stand. Er blieb wie ein tief eingerammtes Stoppschild stehen. Seine Augen gingen hin und her, er schien zu überlegen.

Dann drehte er sich um und lief zu seinem roten Flitzer. Mit quietschenden Reifen fuhr er davon. Ich schrie noch Richtung Zuschauer, die sich in ganz sicherer Entfernung gehalten hatten:

„Haltet ihn, haltet ihn! Bitte, Hilfe!!!", doch nur ein junger Typ rannte dem Alfa mehr oder weniger entschlossen hinterher, musste aber nach einigen hundert Metern aufgeben.

Cem lag noch immer regungslos da unten, und ich konnte sehen, dass er seinen Kopf bewegte, Gott sei Dank! Er war noch immer nicht ins Meer abgerutscht und würde es jetzt auch nicht mehr, hoffte ich. Ich rannte zum Bistro und rief, man solle einen Krankenwagen rufen, aber der junge Sprinter hatte wenigstens das bereits erfolgreich erledigt. Allerdings hatten weder er noch einer der anderen Gaffer Lust, als Zeugen zur Verfügung zu stehen.

„Hast du ihn gesehen? Ja, aber ich weiß nicht, ob ich ihn wieder erkennen würde … Das Kennzeichen konnte ich gar nicht erkennen …"

„Allah Allah, kim bilir aralarinda ne oldu, belki esrar isleri!"

(Wer weiß, was zwischen denen war, bestimmt so Drogengeschichten!)

Dieses feige Gezwitscher von zwei älteren deutschen Touristen und einem türkischen Rentnerehepaar machte mich wütend. Wie sollte man im hinteren Orient bitte einen rotblonden Hünen nicht wieder erkennen? Andererseits beruhigte es mich. Wenn Louis nur einen Bruchteil erfahren würde...! Nein, es war Horror, und es konnte noch immer Megahorror werden. Ich hörte die Sirene des Krankenwagens bereits und sprintete los zu Ma und Papa, die sich im Hotelzimmer gerade fürs Abendessen fertig machten.

„Cem, Cem … er ist … ist abgestürzt! Liegt … auf dem Felsen ... kommt schnell!", sagte ich und japste heftig nach Luft.

„Kaan, ne oldu oglum? Yavas yavas, anlat", (Kaan, was ist passiert? Der Reihe nach, bitte), sagte meine Mutter so ruhig sie konnte. Ich holte tief Luft und setzte noch mal an.

„Cem ist am Parkplatz abgerutscht und den Felsen am Zaun...runtergefallen!"

Wortlos packte mich Papa sofort am Oberarm und sah mich eindringlich an. Er sagte nichts, drehte mich nur zur Tür, und ich rannte ohne zurückzublicken vor, Richtung

Parkplatz. Cem wurde noch vor unseren Augen geborgen, erst jetzt sah ich, dass er lebte! Er lebte!!! Er atmete, blutete am Kopf, vor allem sein rechtes Bein sah schlimm aus. Aber er lebte!

„Cem, Cem wach auf, was hast du gemach meinä Kind?!??!", schrie Mutter.

Vater hielt Cem die Hand, all seine Gesichtsmuskeln schienen erschlafft, seine abwesenden Augen verrieten, dass er im Schockzustand war.

Im Krankenhaus trat nach einer gefühlten Ewigkeit ein recht junger Arzt aus dem OP-Saal. Auf seinem Namensschild prangte *Prof. Dr. M. Canli,* was so viel wie *lebendig* bedeutet.

„Cem hat einige kleinere Kopfverletzungen, es ist noch nicht sicher, was mit dem einen Bein und der Wirbelsäule werden wird. Wir müssen einige Tage Geduld haben."

„Was heißt das, verliert er sein Bein, braucht er einen Rollstuhl?", schrie meine Mutter und weinte dann still. Ich hörte ein patsch ... patsch ... patsch ... Es war das leise und doch so laute Geräusch des Salzwassers, dass auch mir im Sekundentakt auf das schwarze T-Shirt fiel. Ich konnte nichts tun, der Schmerz übermannte mich. Wenn es doch nur mir passiert wäre.

„Bitte, Frau Yemer, seien Sie stark! Wichtig ist doch, dass wir das Bein nicht abnehmen müssen, oder Cem im Rollstuhl leben muss."

Wir fuhren wortlos in das beschissene Unglückshotel zurück. Im Zimmer angekommen, umklammerte ich Mama so fest ich konnte. Mich überkam ein lauter Weinkrampf, sie hielt mich fest und streichelte mein Haar.

„Er wird vielleicht nie mehr mit mir und Nursin Fußball spielen können ... er spielte so gerne Fußball Mama, so gerne. Was machen wir jetzt? Vielleicht wird er nicht mal…! Das kann Gott nicht wollen, das ist so ungerecht, Mama! Ich hasse ihn! Was hat Cem ihm getan?!", schrie ich immer wütender. Sie antwortete nicht. Wir gingen ohne zu essen ins Bett.

Am nächsten Morgen war der Schmerz genauso groß. Größer. Ich hatte so sehr gehofft, dass das alles ein Alptraum gewesen war. Ich stellte mir immer wieder Cems Gesicht vor, wenn er hörte, dass sein Bein amputiert werden müsste. Er war so ein stolzer Typ und würde nicht vor uns flennen. In diesen Tagen fiel mir nicht einmal ein, irgendwem von dem Streit mit Mühlhausen zu erzählen. Es fiel mir nicht einmal für einen kleinen, verrückten Moment ein. Mein nerviger, schwer pubertierender Bruder fehlte mir, als ob ich in Wirklichkeit einen eineiigen Zwillingsbruder vermissen würde.

Als ich am Vormittag im Open-Air-Bistro Nursin von dem Unglück erzählte, blieb er ganz ruhig. Er stellte keine Fragen. Seine großen, grünen Augen wurden wässrig. Dann sah er mich an und strich mit seiner Hand hastig über meine Haare. Am nächsten Morgen reisten die Beleks ab.

Nach einer Woche war Cems Zustand noch immer zu schlecht für einen Flug nach Deutschland. Mama, Papa und ich waren jeden Tag umgeben von Krankenschwestern und diesen Göttern in Weiß, die hoffentlich auch hier Göttliches vollbringen konnten. Wehe nicht! Wenigstens gab es hier keine einzige verrostete Türe. Eine weitere Woche sah ich weiß und grün - Krankenhaus, Krankenhaus, Krankenhaus, zittern und beten.

Oft saßen wir drei wortlos an Cems Bett, den sie in ein künstliches Koma versetzt hatten. Es war gut, dass er uns nicht auch noch so sehen musste. Mama murmelte immer halblaut auf Arabisch, flehte zu einem Gott, auf den wir alle noch so sehr zählten.

Endlich, an einem Dienstagmorgen, zehn Tage nach unserem eigentlichen Abreisetag, schwebte uns Dr. Canli im Flur lächelnd entgegen.

„Cems Zustand ist deutlich besser, es sieht gut aus. Das Bein muss sicher nicht abgenommen werden. Vielleicht, aber nur vielleicht, bleibt ein leichtes Humpeln übrig. Das wird man sehen. Und auch die Wirbelsäule wird wohl alles unbeschadet überstehen. Ein zäher Junge! Er braucht aber noch viel Ruhe."

Cem würde bestimmt wieder Fußball spielen können! Bestimmt!, dachte ich jubilierend. Als Dr. Canli uns alleine ließ, drehte sich Papa wortlos zu Mama. Er umarmte sie, rieb ihren Rücken wie verrückt, als ob sie etwas juckte und er sich beeilte, ihr zu helfen. Mama vergrub sich in den Armen von Papa. Ich ließ mich nicht bitten und hängte mich an die beiden. Es war eine seltene Gelegenheit. Wir drei waren eins und blieben eine gefühlte Ewigkeit im Krankenhausflur stehen. Wir weinten, waren erleichtert und wollten so tränenleer wie möglich in Cems Zimmer treten, hatte ich das Gefühl. Cem wurde mit dem Helikopter nach Deutschland, in die Heimat, transportiert. Mama flog mit. Pa und ich fuhren allein die bekannte Rallye-Strecke, so wie im Vorjahr.

Am Tag bevor Ma mit Cem abflog, schenkte sie mir ein Tagebuch. Ich weihte es sofort ein. Einige Zeit später schrieb ich:

Es lag schon bei der Abreise in Hückelfürth ganz bleiern in der Luft, im Meerwasser, auf den endlosen Straßen, die wir befuhren, in der Kristallkugel und in den Sternen. Überall begleitete es uns. Das Ereignis dieses Sommers kündigte sich immer wieder an, es klopfte nur an die Türe, um dann umso gewaltiger einzubrechen.

Irgendwie drehte sich die Erde rückwärts. Tiere redeten. Es regnete Steine.

Die Antarktis war brütend heiß.

Die Uhren nahmen sich an diesem Tage vor, umgekehrt zu ticken.

Nichts war wie vorher.

Die Erde drehte sich schneller und schneller, aber irgendwie in die falsche Richtung.

Die Rückfahrt mit Pa nach Istanbul war wie ein achtstündiges Begräbnis. Wir redeten wenig, und er gab sich Mühe, mir ein wenig Last abzunehmen, versuchte mich, bei nahezu jeder Rast zu umarmen. Aber es erschien mir eher wie ein Klammern, ein etwas zu starkes Drücken, was sich nicht so schön anfühlte wie im Krankenhaus. Ich konnte bei der Rückkehr nach Istanbul viel schlafen, so viel, und träumte noch einmal von Hodscha Ermis.

Er stand vor der Ayasofya Moschee, in seinem grünen Gewand. Dann sah ich meine Mehmet-Fatih-Brücke, zerstört. Kein Stein auf dem anderen. Ich sah mich unterhalb der Brückenreste sitzend, mit Blick aufs dunkle, trübe Wasser. Der Tag brach an, und obwohl die Sonne sich über die schönen Hügel Istanbuls quälte, war es beißend kalt.

14. „Heim" – Fahrt

Jedes Jahr hatte ich mich auf die Heimreise gefreut, egal wie der Urlaub gewesen war. Diesmal war es anders. Wir fuhren über die Mehmet-Fatih-Brücke. Hier, an dieser Brücke am Bosporus, schien es kälter geworden zu sein, der Sommer war fast vorüber. Es blieb einsam und still auf der Rückfahrt. Ich flüchtete mich auf der Rückreise so oft ich konnte in den Schlaf, träumte aber nichts mehr. Wo war mein Hodscha jetzt? Erst irgendwo in Österreich, fiel ich im Auto noch einmal in einen tiefen Schlaf und träumte ein letztes Mal in diesem Sommer von meinem Hodscha Ermis.

Deutlich verjüngt, vielleicht um die vierzig Jahre alt, stand er strotzend vor Vitalität vor mir - supermännlich.

Er hatte ganz dickes, welliges Haar, streng nach hinten gekämmt. An der rechten Seite, dort, wo die milde Abendsonne drauf schien, hatten die Haare einen leichten Goldstich. Aus stahlbauen Augen, die irgendwie metallen wirkten, blickte er zielstrebiger als sonst. Er redete aber, wie so oft, nicht.

Dann sah ich plötzlich einen unendlichen Ozean vor mir, der von einer glutroten Sonne mild beschienen wurde. Hodscha Ermis, jung und so ungewöhnlich dynamisch strahlend, war nun unweit von dem Wiesenhügel, auf dem ich stand, zu sehen. Er lenkte eine Art Wikingerschiff, ein kleines, aber es schien aus purem Gold zu sein. Es hatte ein Ruder, aber der Hodscha mühte sich weder an diesem, noch an dem großen Steuerrad. Das Schiff steuerte scheinbar ziellos, getrieben nur vom Wind.

Es segelte ohne jede Eile immer weiter weg vom Ufer, immer weiter weg von mir. Ich spürte sofort eine tiefe Sehnsucht, auch einmal ein solch goldenes Wikingerschiff zu besitzen, frei zu sein wie er es war, die Häfen der Welt anzusteuern...

Hodscha Ermis ging immer wieder an Land, gelangte in große Städte, kleine, moderne und auch alte, orientalisch wirkende. Manchmal kam er ganz zerschlagen und verbeult zu seinem goldenen Schiff zurück und beeilte sich abzulegen. Ich sah mich in einem kleinen Dorf, erkannte, dass der Hodscha auch hier ablegen wollte. Ich erblickte ein zweites Wikingerschiff, welches ebenso nur für einen Menschen konstruiert war. Es war silberfarben, nicht aus Holz, sondern aus einer Art Metall gemacht. Ein weibliches Wesen steuerte das Schiff. Es hatte merkwürdig durchsichtige Flügel auf dem Rücken, die hektisch hin und her schlugen. Die Frau war umgeben von einem glitzernden Silberschimmer. Ihre langen, schwarzen Haare wehten im Wind. Sie versuchte, ihr Schiff zum Schiff des Hodscha zu lenken, abwechselnd stand sie mal am einzigen Ruder und bemühte sich angestrengt, dann am Steuerrad. Ihre zarten Flügel schienen ihr nicht weiter zu helfen. Hodscha Ermis ließ sich weiterhin nur vom Wind befördern und sah ruhig, aber traurig zu der feenartigen Gestalt hinüber. Er schien ihr mitteilen zu wollen, dass sie sich nicht anstrengen brauche, dass sie den Wind seine Arbeit tun lassen solle, aber die Frau hörte nicht auf ihn. Sie driftete mit ihrem kleinen Wikingerschiff immer weiter ab, bis ich sie nicht mehr sehen konnte. Hodscha Ermis sah eine Zeit lang traurig in die Ferne, allein am weiten Ozean, kein Ufer in Sicht. Die Traurigkeit in seinen blauen Augen verschwand mit der Zeit, und er legte noch oft an und ab. In den meisten Häfen, die er ansteuerte, waren nun viele Schiffe. Sie kreuzten wild hin und her, die Szenerie wirkte hektisch. Es gab jede Art von Schiffen, auch protzige, moderne Segelyachten. Sie hatten in der Regel aber alle gemein, dass sie keine Einmannschiffe waren und dass die Segler sich abmühten die Ruder zu bewegen. Mal segelten sie nach Osten, dann nach Norden, manchmal auch wieder geradewegs ans Ufer. Viele stiegen entnervt aus und gingen wieder in die Stadt.

Ein letztes Mal sah ich Hodscha Ermis in einem ruhigen Hafen. Er segelte gerade aus einer großen, modernen Metropole ab und wollte offensichtlich wieder in See stechen. Ein anderes Wikingerschiff, lavendelfarben und ohne jedes Ruder, tat es ihm gleich. Es war gar kein Passagier an Bord, aber ein golden schimmerndes Licht umgab das Boot, welches ruhig der Abendsonne entgegensegelte, nur vom Wind getrieben. Ich sah die Schiffe noch lange parallel segeln, Hodscha Ermis sah dann und wann hinüber zum anderen Wikingerschiff. Wieder stand ich auf dem Wiesenhügel. Ich konnte noch lange Zeit sehen, wie die zwei Schiffe mal enger zusammen fuhren, mal weiter voneinander entfernt, bis sie nur noch kleine Kleckse am Horizont waren.

Hodscha Ermis und das gold schimmernde Wikingerschiff sah ich nicht mehr.

Das war der schönste Traum, den ich je hatte. Mein Hodscha besuchte mich nach diesem Traum kaum noch, und es war anders, wenn ich noch einmal von ihm träumte. Aber ich hatte noch einige Male das Gefühl, dass er seine schützende Hand über meinen Kopf hielt.

15. Letzte Rallye-Runde

Der Name Mühlhausen fiel nie mehr in unserer Familie. Papa kannte ihn ja nicht einmal. Er hatte von allen am wenigsten Ahnung, und dies sollte ewig so bleiben. Cem ging nicht mehr zum Friseur. Gleich nach dem Urlaub rasierte er sich in unserer kleinen Toilette die schöne Haarpracht Millimeterkurz. Es wurde später zu einem - irgendwie bittersüßen - Ritual. Cem und ich schworen einige Monate nach dem Urlaub in einer Art Zeremonie, *Camel* paffend im Wald, auch Mama niemals auf Mühlhausen anzusprechen, ihr auch nie von den Umständen des Absturzes zu erzählen. Cem sagte,

„Altäää, isch schwööhhrääe, Mann. Check, Buddy!"

Er lachte schrill, keifend auf und wollte mir Fünf geben. Sein plötzlicher Energieschub erschien mir komisch und unnatürlich, ich wurde für einen Moment traurig. Trotzdem schlug ich ein, viel zu langsam und zwang mich mit aller Kraft zu einem Lächeln. Er wollte wohl stark sein, es klang aber irgendwie verzweifelt, dieses Lachen, schmeckte irgendwie bitter wie meine Daumenmedizin.

Als ob wir durch unseren Schwur ein noch größeres Unglück hätten stoppen können, als ob das Entweichen des Dschinn durch Zuhalten der Flasche verhindert werden konnte.

Cem und ich wollten selbst auch nicht mehr über die Verbindung von Mama zu Mühlhausen wissen. Wir erfuhren nie, auch nicht zufällig davon. Ma ließ sich nach dem Urlaub woanders die Haare schneiden. Wenn ich Mühlhausen zufällig irgendwo sah, drehte er sich schneller weg, als ich es konnte. So wird es auch Cem ergangen sein. Mühlhausen wird gewusst haben, dass Cem die Krücken wegen ihm benutzte. Er wurde von niemandem zur Rechenschaft gezogen, wie auch? Außer uns gab es keine Zeugen.

Ma und Louis trennten sich „auf Probe", allerdings geschah dies zu Cems und meiner Verwunderung friedlich. Es gab fast keinen Streit. Die Trauer über Cems Zustand war wohl nicht genug, um sich vielleicht doch noch irgendwie zusammenzuraufen. Vielleicht hatten sie gerade jetzt erkannt, wie arktisch die Temperatur zwischen ihnen schon länger war. Also musste ich mit Pa erst einmal ausziehen. Das bewährte Rallye-Endrunden-Team blieb somit erhalten. Cem blieb bei Ma in unserer alten Wohnung. Pa und ich zogen nach Cochhausen, und es wurde unvermeidlich, dass ich Mühlhausen öfter sah, was mir immer einen Stich in der Brust versetzte. Aber immerhin wohnten wir in der Nähe von Cem und Mutter.

Die Brücke, auf der ich vor diesem Sommer stand war zwar eingekracht, aber sie hatte mich nicht unter sich begraben.

Es gab diesen einen Moment, der mich durch die gesamte Pubertät tröstete, es war das friedlichste und schönste Bild, dass ich von meinen Eltern hatte: die Umarmung auf dem türkischen Krankenhausflur.

Free Pen Verlag
Brüdergasse 16 - 18
53111 Bonn
Tel. 0228 - 338 339 0
Fax 0228 - 969 137 6
E-Mail: info@freepenverlag.de
www.freepenverlag.de

Satz: Jürgen Eis
Titelillustration: Stephan Winkler, München
Autorenportrait: Dagmar Schruf, Bornheim
1. Auflage 2012

ISBN 978-3-938114-78-0